# 戻り舟同心 逢魔刻（おうまがとき）

長谷川 卓

祥伝社文庫

目次

小塚原町
桂月寺
橋場町
浅茅ヶ原
鏡ヶ池
浅草
新鳥越町
今戸町
浅草寺
荒井町
吾妻橋
花蔵寺
石原新町
横川
実相寺
新堀川
下谷七軒町
下谷長者町
不忍池
菊坂町
湯島天神
神田花房町
薬種問屋《高麗屋》
神田川
福井町
損料屋《四海屋》
両国橋
竪川
鎌倉河岸
三河町
大川
新大橋
小名木川
江戸城
神田橋御門
南町奉行所
湊橋
楓川
北新堀町
地蔵橋
仙台堀
海辺橋
亀久橋
霊岸島町
永代橋
深川
大和町
比丘尼橋
竹河岸
八丁堀
京橋川
深川松賀町
竈屋《東金屋》
浜松町三丁目
畳表問屋《名張屋》
増上寺
金杉橋
北
西
東
南

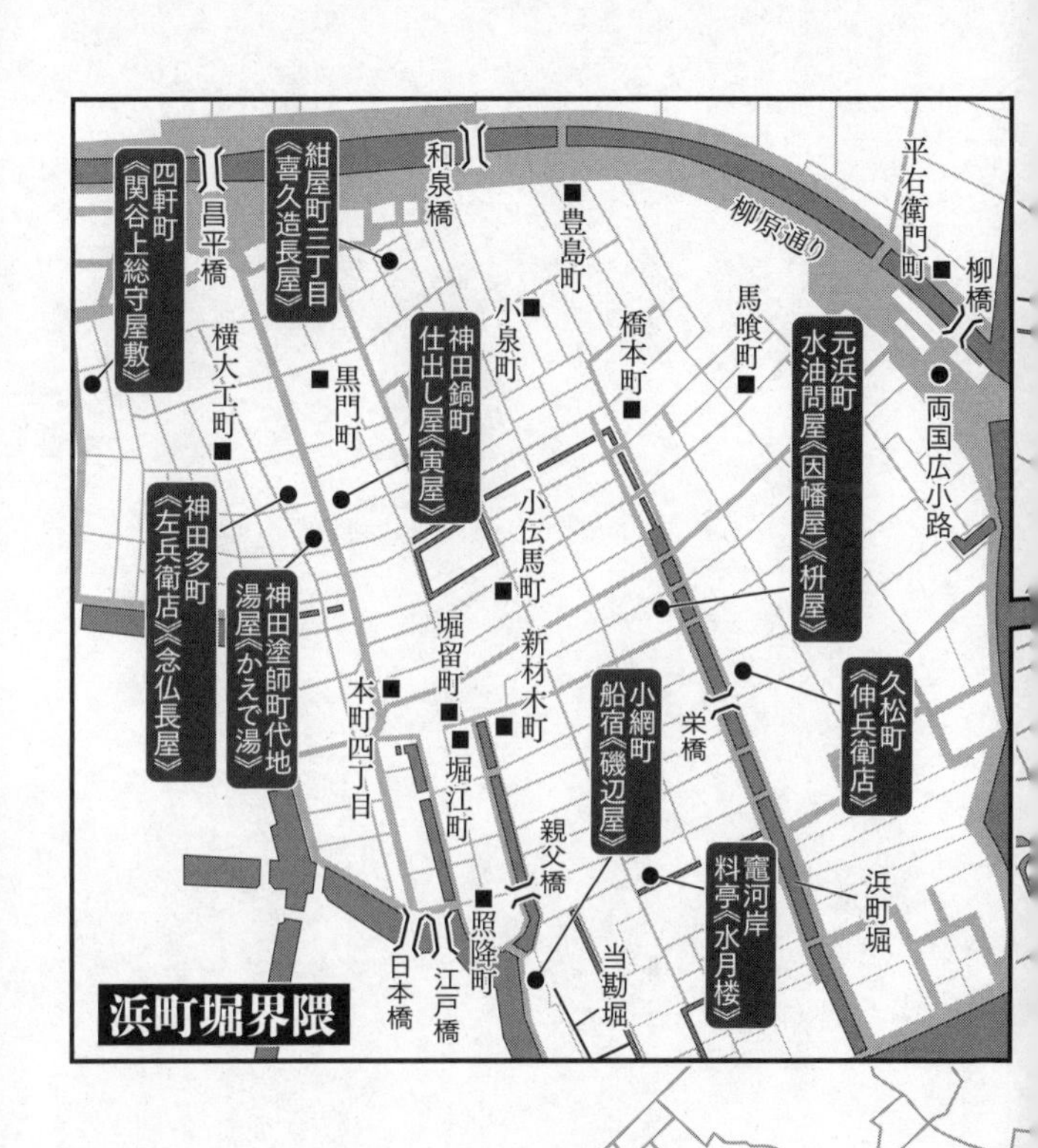


# 「戻り舟同心 逢魔刻」の舞台

# 第一章　かどわかし

## 一

文化（ぶんか）二年（一八〇五）十一月三日。

夜はそこまで来ていた。夕七ツ（午後四時）の鐘が鳴って、半刻（はんとき）近くになる。

元御用聞き・天神下（てんじんした）の多助（たすけ）は、ゆるゆると立ち上がると、船番所を後にした。

船番所で働いているという訳ではない。流人船（るにんせん）で島送りになる咎人（とがにん）を、遠目に見送るために立てられた柵の外で、日がな一日切石に座り、海を見ていたのである。

多助はかつて、罪科（つみとが）のない者を誤って島に送り、死なせてしまった。償（つぐな）いの日を送るしかない。そう思いきわめていた。

天神下の借家に戻っても、待っている者はいない。女房には先立たれ、たったひとりの倅は多助を嫌って大坂に行ってしまっている。倅は今年で四十六歳になったはずだ。まともに暮らしていれば、嫁をもらい、子もいるだろう。だが、音沙汰はなく、生きているのかも分からない。

寒い。潮風が骨と皮だけの身体に沁みた。

着古した半纏の前を掻き合わせ、北新堀町を通り、崩橋を渡って行徳河岸に出た。小網町から伊勢町堀沿いに小舟町へと抜けようかとも思ったが、この日は気が進まず、行徳河岸から当勘堀沿いを行くことにした。当勘堀沿いの道は大名家の下屋敷と中屋敷が大半を占め、人通りが少なかった。人と顔を合わせずに行くことが出来る。

行徳河岸を折れ、当勘堀沿いの道に入った。通りの先に目を遣った多助は、妙な光景を見た。

男がぐったりとしている子供を抱き上げ、箱に入れ、蓋をしているのだ。傍らで、女が辺りを見回している。ともに年回りは六十前後くらいであった。

まさか、かどわかし、か。

多助が目を凝らそうとした時、男は天秤棒を箱の上に渡した紐に通し、担ぎ上げた。と同時に女を促して、駆け足になった。

河岸を振り返ったが人影はなかった。通りにも人はいない。このまま行けば小網町二丁目に出る。辻番所もあれば、人通りもある。多助は間合を計りながら、駆ける速度を男と女に合わせた。

男と女は、持っている箱から見て、竈屋と思われた。

ひとつの箱には藁と鏝と土を入れ、欠けた竈の補修をし、もう片方の箱には七輪を入れ、売るのである。小商いだが、年の瀬には新年を疵のない竈で迎えようと、仕事を頼む者も多く、結構な忙しさになるらしい。

その竈屋が、箱に子供を押し込んで、逃げ去ろうとしているのだ。

見逃すもんじゃねえ。

七十七歳になる元御用聞きの血が騒いだ。しかし、血は騒いだとて、足が素直に出る訳ではない。縺れそうになった。

男と女が、堀沿いの道を抜け、小網稲荷の前を過ぎ、辻番所に迫っている。

ありがてえ。多助は加勢を呼ぶことにした。

「かどわかしだ」

大声を張り上げたつもりだったが、声が咽喉に絡まり、かすれてしまった。それでも、竈屋のふたりには聞こえたのだろう。一瞬多助を見ると、慌てて駆け出した。

いけねえ。しくじった。

焦って、足許が疎かになった。石につまずき、顔から地面に落ち、目から火が出た。痛さよりも情けなさが先に立った。

畜生。

見上げた目に、着流しに黒羽織を纏い、雪駄に黒足袋を乗せている姿が映った。小網稲荷の角口に立ち、多助の方を見ている。知らぬ顔ではなかった。永尋掛り同心として再出仕した二ツ森伝次郎と、一度は隠居した御用聞きの神田鍋町の寅吉、通称鍋寅のふたりだった。

「旦那ぁ」多助が手を振った。

「どうした?」十間(約十八メートル)先からでかい声が響いた。

「かどわかしでございやす。あの竈屋でやす」

多助の指さす方を見たふたりが、箱を揺らしながら駆けて行く男と女に目を留めた。行け、と伝次郎の口が動きそうになって止まった。いつもならば供をさせている手下の隼と半六は使いに出していたのだ。ふたりで捕まえるしかない。

「待て」

伝次郎と鍋寅が裾を割り、大声を発しながら追い始めた。ふたりの姿が家並みに隠れて消えた。

立ち上がろうとして顔を拭った多助の手が朱に染まった。顔を擦りむいたのだろう。だが、それを気にしている暇はなかった。追い縋るようにしてふたりの後を追った。

親父橋へと続く通りを行くと、伝次郎と鍋寅が背を丸め、肩で息をしながらよろよろと歩いていた。息が上がってしまっているのだ。伝次郎は六十八歳、鍋寅は四つ上の七十二歳である。賊を追い掛けるには、いささか年を食い過ぎている。

ふたりが向かっている先に箱が投げ捨てられていた。竈屋の姿は見えない。箱を捨てて逃げたのだろう。

「旦那」多助が怒鳴った。「その箱の中に、子供が……」

おりやすんで、と続けようとしたのだが、ふたりは既に走り出していた。踏ん張れば、最後の力は出るらしい。

伝次郎と鍋寅が箱に駆け寄り、蓋を取っている。追い付いた多助も中を覗いた。五つ六つの男の子が、身体を折り曲げるようにしてぐったりとしていた。脳天にコブが出来ている。騒がぬように、頭を強く打たれたのだろう。伝次郎が抱き上げながら、男の子の口許に耳を寄せた。

「大丈夫だ。生きているぜ」

「ようございやした」鍋寅と多助が言った。

「だが、子供で頭だ。安心は出来ねえ」

伝次郎は男の子を鍋寅の腕に移すと、何事かと寄って来た男らに言った。

「俺たちは餓鬼(がき)を連れて小網町二丁目の自身番に行く」

一番近くにある自身番だった。

「お前」と目の前にいたお店者(たなもの)に、野次馬が邪魔だ、奴らを下げて親分を通り易くするように先導役を命じ、その隣の男には、浅草(あさくさ)の今戸町(いまどまち)まで走るように言った。

「伴野玄庵(とものげんあん)って医者がいる。連れて来てくれ」

男が走り出すのをのんびり見送っていた男に、

「お前も頼まれてくれ。南町奉行所までだ」

男が、己(おのれ)の鼻の頭を指さした。

「走るんですか」

「歩きてえのか」

「まさか」

「当ったり前だ。てめえは若いんだ。こんな時に、歩いてみやがれ。小伝馬町に叩き込むぞ」

「走ります」男が、唇を尖らせている。

「そうだ。走って、定廻り同心の二ツ森新治郎を呼んで来てくれ。俺は、そいつの親父だ」

「あっ、戻り舟……」と男が蛸の口付きのまま言った。

「そうよ。悪い奴がはびこっていやがるから、退治しに戻って来たのよ。多少草臥れているがな」

先導の男が、小網町二丁目の自身番に駆け込み、大家とともに飛び出して来た。

もうひとりの大家が衝立を除け、店番が茶器を片付けている。

「寝かせてくれ」伝次郎が叫んだ。

座布団が並べられた。子供の眉が微かに動いた。大家が、口許に手を当てながら子供の顔を覗き込み、何事か呟いた。

「見覚えがあるのか」

「あるか、なんてものではございません」

「どこの誰だ？」

「塗物問屋の《山路屋》さんのひとり息子です。名は、清之助と申します」

「間違いねえだろうな」

「ございません」

伝次郎は、鍋寅の手から清之助を受け取ると、親を呼んで来るように言った。大家が鍋寅に《山路屋》の場所を教えた。鍋寅の背が、見る間に小さくなった。

「冷やしましょう」

大家と店番が、清之助の頭に濡れ手拭を当てている。

間もなくして《山路屋》の夫婦と番頭らが、鍋寅とともに駆け付けた。子の名を呼び、泣き叫んでいる夫婦に代わって番頭が、お医者様は、と大家らに訊いているところに、医師の伴野玄庵が着いた。

「頭をこっぴどく殴られたらしい。診てください」

玄庵は、茶筅髷の先を揺らして伝次郎に応えると、清之助の枕許に座った。自身番の中は狭い。伝次郎は、

「新治郎は、まだか」と鍋寅に訊きながら、外に出た。

伸びをするようにして、思案橋の方を見て来た鍋寅が、お姿はまだ、と言って首を横に振った。新治郎が奉行所に戻っていれば、江戸橋から荒布橋に抜け、思案橋を渡って来るはずだった。

自身番の中から母親の泣き声が上がった。

伝次郎は玉砂利を跳ね上げ、三尺の式台に上って中を見た。玄庵が振り向き、伝次郎に頷きながら言った。

「冷やして、静かに寝かせておけば、まず大事はないと思います」

伝次郎は《山路屋》の内儀を見た。子供の手を取り、泣いている。子供はうっすらと目を開けていた。

驚かすんじゃねえよ、と腹の中で言い、ありがとうございました、と玄庵に頭を下げた。とにかく、ひとつの小さな命が救われたのだ。

外に出て来た玄庵が、多助の怪我に気付いた。

「これは、派手に擦り剝きましたな」

焼酎で傷を洗い、裂いた晒しを巻き付けた。顔面半分を断ち斬られたような有り様になった。

「先生、これじゃ体裁悪くていけねえや。もちっと、何とかなりやせんか」

「この二、三日のことだ。我慢しなさい」

叱られた多助を、新治郎待ちとして残し、

「待っていても埒が明かねえ」

伝次郎と鍋寅は竈屋の客筋を当たることにした。竈屋が投げ捨てた箱の中身を見て、道具が年季の入ったものだと見抜き、奴どもは本物の竈屋だと踏んだのである。

「でも旦那、夫婦者の竈屋ってのは珍しかござんせんか」

「普通はひとりだな」

「今日は見張り役に女房を連れて来たって訳でしょうか」

「取っ捕まえれば分かる。お店を回るぜ」

竈屋は裏店も回るが、得意先は竈を数基備えているお店や料理茶屋などであった。小網町は日本橋川に沿った細長い町である。船宿を中心に、竹皮問屋、線香問屋、藍玉問屋など小網町から堀江町近辺のお店を当たっていると、荒布橋と親

父橋を繋ぐ照降町にある下り傘問屋《村田屋》で、

「そのような竈屋さんならば、心当たりがございます」

《村田屋》の賄いに雇われている小女だった。

小女が知っている竈屋は、年の頃はまさしく六十くらいで、いつだったか忘れたが、年増女を連れて歩いているのを見たことがあるという。

名が割れた。竈屋の小兵衛。しかし、分かったのはそこまでで、住まいまでは知らなかった。

「大助かりだ。ありがとよ」

小網町の自身番に戻ると、多助が、

「若旦那がお見えになりましたので、訳をお話しいたしやすと」

「追っ掛けたか」

「へい。卯之助さんたちと」親父橋の方を見て答えた。

堀留町の卯之助は、新治郎の手先で、元は鍋寅の手下であった。

「清之助の様子は？」

「今は眠っているようで」

「先生は？」

「後でまた様子を見に来ると仰しゃいやして、一旦お戻りに」

「分かった。俺たちは、ちいと新治郎に話があるので、探してみる。もし行き違いになったら、竈屋の名は小兵衛だと教えてやってくれ」

「もうお分かりになったので」多助が驚いた顔をして伝次郎と鍋寅を交互に見、「承知いたしやした」と言った。

八丁堀の同心の後を追うのは簡単なことだった。黒羽織に着流し姿は、よく目立った。誰に訊いても、直ぐに向かった先を指した。

案の定、新材木町の杉ノ森稲荷近くで、新治郎らに追い付いた。声を掛けると、逸速く気付いた卯之助が頭を下げ、新治郎に告げている。

「竈屋の名が分かったぞ」伝次郎は、小兵衛の名を教えると、後は任せた、と言って腰を叩いた。「俺たちは疲れた」

名さえ分かれば、塒を探し当てるのは難しいことではない。潜りでない限り、同業の竈屋に訊けばよい。

新治郎らと別れ、小網町の自身番に向かった。多助にも、医師の玄庵にも、きっちりと礼を言わなければならない。

「どうして」と鍋寅が、通りの先を見詰めながら言った。「竈屋がかどわかしなんて、したんでござんしょうね」

「箱に入れる。見張りに女を使う。魔が差しただけとは、思えねえな。だが、この先は俺たち永尋掛りが出張ることではねえ。新治郎の仕事だ」

永尋とは迷宮入りした事件のことで、増え続けるそれらの事件の解決のために設けられたのが、伝次郎らの属する永尋掛りであった。

「へい……」

鍋寅は、名残惜しげに振り返った。

二

十一月四日。

伝次郎は迎えに来た鍋寅らとともに、朝五ツ（午前八時）の出仕刻限の前に奉行所の大門を潜った。この日は、非番の正次郎がくっついて来ていた。伝次郎が再出仕となった時から無茶をする父親の目付役として、新治郎が息子の正次郎に命じたのだった。

伝次郎らが出仕する永尋掛り同心の詰所は、新治郎や正次郎が使っている詰所とは違うところにあった。新治郎や正次郎の詰所は、玄関口から入った奉行所の建物内にあるのだが、永尋掛りの詰所は、建物の外の、中間小屋や蔵が建ち並ぶ一角への通り道に位置していた。そこはまた、奉行所奥にある町奉行の役屋敷に続く通りでもあり、警護の者もいるのだが、奉行を訪れる者は奉行所の内廊下を使うので、人の通りは極めて少ないところでもあった。

伝次郎と正次郎は、玄関に続く敷石から右に足を踏み出し、永尋掛りの詰所に向かった。

大きさは幅三間（約五・五メートル）四方。横大工町の棟梁・松五郎が吟味した極上の材木が使われていた。

「贅沢の極みですぜ」

と松五郎は言うのだが、中は八畳間に納戸と永尋控帳を保管する小部屋の他は、框を挟んで土間があるだけの、こぢんまりとした建物だった。土間には、竈が一基と水瓶に流しと調理台が、そして仕出し屋であった《寅屋》の大きな盛り付け台を模した脚付きの台と、それを取り囲むように横長の床几がしつらえられていた。居心地がよく、気が付くと既に四月が経っていた。後何年、この詰所を使えるのか分からない。今居心地がよければ、それでよかった。

この日、伝次郎らは永尋掛りのもうひとつの仕事である、市中の見回りに出掛けることにした。と言うのも、追放の仕置を受けた身であるにも拘わらず、年数が経ち、顔を見知った者がいなくなったことを当て込んで、市中に舞い戻り、止宿を禁じられている御構地に長居している者が増えてきているからだった。それらの者を見付け出し、再追放するのも永尋掛りの重要な役目であった。

伝次郎は、鍋寅と隼と半六、それに真夏と正次郎を連れて、芝口橋を通って南に下っていた。東海道の道筋である。賑やかに人が行き交っている。高輪の大木戸辺りまで見回る予定だった。真夏は元定廻り同心・一ノ瀬八十郎の娘で、女ながらも永尋掛りに加わっている剣の達人であった。

「ひとつ裏に逸れるか」

日影町通りを行くことにした。この通りは神明前の悪所に通う好き者などを相手にした古着屋が軒を連ねている。

伝次郎と鍋寅は、前を行く隼と半六の陰から、見知った顔がいないか探りながら歩いた。後ろから来る正次郎と真夏が呑気に世間話をしているのが気になりはしたが、非番の日にも町回りに付き合わされているのだからと大目に見ることにした。神明前を過ぎ、更に南に下った。

道が尽き、金杉川に出ようとしている。左に行き金杉橋を渡るか、右に行き将監橋を渡るかで迷っていると、子供がふたり、筆などを収めた手習いの袋を提げて歩いて来た。手習所は朝五ツ（午前八時）に始まり、昼まで学び、子供らはそれぞれの家に帰って昼餉を食べる。そして再び手習所に戻って学び、一日の手習いを終えるのである。丁度、昼餉に帰る頃合になっているらしい。脇を通り抜けた子供のひとりが、

「上は天共空とも云、中を通は雲なり……」

と言うと、もうひとりが続きを口にした。

「月日の出る方を東とし、入方を西……」

手習所で習った『近道子宝』の一節を声に出しているのだ。

『近道子宝』は、いろはを習い覚えた子供に読ませる読本で、自然の理や東西南北、四季や十干十二支などについて書かれていた。

「可愛いもんだ」半六が隼に言った。隼が笑った。

「てめえらにも、あんな頃があったんだよ。それも遠い昔じゃねえぞ」鍋寅が辺りを見回しながら言った。

子供がちらほらと路地から出て来る。路地の奥の方に手習所があるらしい。

手習所の様子を見ようというのではない。子供のかどわかしがあったばかりなので、怪しい者がいないか、見ようとしたに過ぎなかった。

伝次郎が先頭に立って路地に入った。垣根の取り払われた家があった。手習所であった。

帰り仕度に手間取っているのか、師匠に叱られている子がいた。

伝次郎らが足を止めて見ているのに気付いた師匠が、瞬間身を固めた後、頭を下げた。年の頃は六十を過ぎたくらいだろうか、微かに動揺しているようにも見えた。伝次郎は素知らぬ風を装い、会釈を返した。師匠の身の丈は凡そ五尺二寸（約百五十八センチ）。顔に見覚えはなかった。

「何か」

と問われ、伝次郎が答えた。

「昨日、かどわかしがありましてな。見回りをしている最中です」

「それは、ご苦労様でございます」

「様子のおかしいのがいたら、お知らせください」

「承知いたしました」

師匠が子供らに、見知らぬ人に付いて行かぬよう注意を与えている。

これ以上留まっていても、することはない。高輪の大木戸に向かった。

皆に合わせて歩を進めていた鍋寅が、金杉橋の手前で突然足を止めた。

「どうした？」伝次郎が訊いた。

「何か引っ掛かるんでございやす」

「手習所の師匠か」

「旦那も、でやすか」

「引っ掛かるって程でもねえが、ちいっと、な」

「はっきりとしちゃいねえんでございやすよ。見覚えがあるような、ないような。そこんとこが、どうも……」

「だったら、気が済むようにしようじゃねえか」

手習所の近くまで戻り、辺りの表店の者に、師匠の評判を尋ねた。

もの静かな方です。元お医者様だと聞いておりますが、偉ぶったところなどまったくないのでございますよ。師匠の評判は頗るよかった。

「元医者だとすると、あっしの思い過ごしなんでございやしょうか」

恐縮する鍋寅を宥めながら青物屋を訪ねた。主が、普通の手習所ならば入門する際には師匠に渡す束脩が要るのだが、それが不用なことを教えてくれた。

「あの手習所は、畳表問屋の《名張屋》さんがすべての費えを賄ってくれているんですよ。だから、立派なお師匠様を雇えるし、ゆとりのない家の子も行けるんでございます」

「師匠は、この土地の人かい？」

「いいえ。《名張屋》の旦那が連れて来られたんです。それ以上は、あたしには」

「《名張屋》に訊けば、師匠について詳しい話を聞けるかな？」

「あのお師匠さん、何かやらかしたんで？」

「そうではない。あのような立派な方をどこで見付けたか、知りたいだけだ」

「左様でございましたか」

　青物屋がほっとしたような顔をした。

《名張屋》がどこにあるのか、場所を訊いた。街道を少し芝口橋の方に戻った浜松町三丁目であった。

　浜松町三丁目は、西に徳川家の菩提寺である増上寺を始めとする寺院が控えているためか、畳表問屋が甍を連ねていた。

《名張屋》は、その中でも一際大きな店構えであった。金はたっぷりとありそうに見えた。手習所の師匠の手当と借家代など、痛くも痒くもないだろう。

伝次郎は、勢いを付けて暖簾の内に入った。

番頭らしい男が直ぐさま目に留めて、側に来た。

「何か、手前どもに御用でございましょうか」

「手習所を開いているそうだが、そのことでちょっと話が聞きたくてな」

「何か、ございましたのでしょうか」

「そう何か何かと言うな。子供のかどわかしがあったので見回っていたら、こちらの手習所では偉く立派な先生が師匠をしている、と聞いてな。どんな仁か、聞かせてもらいたいという訳だ。教えてくれるか」

「でしたら、手前がお話しすべきでしょう」

奥から現れた恰幅のよい、いかにも主然とした男が言った。男は、座り終えると名乗った。

「《名張屋》の主・文六でございます」

「南町奉行所永尋掛り同心・二ツ森伝次郎だ」

「あなた様がですか」

「何か耳に入っているのかい？」

「はい。腕は光一ですが、やることが荒っぽいと」

「腕の程は分からねえし、てめえでは荒っぽいとはこれっぽっちも思っちゃいねえが、相手に合わせているうちに、荒っぽくなっちまうのかもしれねえな」

「成程。そのようでございますな」

「聞かせてくれるかい」

「どうぞ、奥へ」

「ありがとよ」

伝次郎は鍋寅と真夏を連れ、通り土間を通り、奥へと向かった。正次郎と隼と半六は、番頭に案内され、土間の中程にある床几で待つことになった。床几からは手入れの行き届いた庭が見えた。小鳥が赤い実を啄んでいる。きょろきょろと落ち着きがない。口にした実の半分は取り落としている。静かだった。実の落ちる音が聞こえてきた。

伝次郎らを上座に据え、文六は下座に腰を下ろした。

「あの師匠のために言っておくが、疑うべき筋がある、というようなことでは毛頭ない。元医者の偉い先生だと聞いたものでな。興をそそられただけだ。それは心得ていてくれ」

「それをお聞きして安堵(あんど)いたしました。海野(うんの)先生は、とてもよいお方でございます」

「海野、というのかい、あの師匠は？」

「左様でございます」

文六は、ふっと息を吐くと、三年前になりますが、と言って続けた。

「品川(しながわ)まで人を送った帰り、気分が悪くなり、倒れてしまいました。そこを海野先生に助けられたのでございます。訊くと、診ていた患者に死なれ、己の浅学を知り、医者を辞めたとのこと。しかし、手前への手当は実にお見事なものでした。ならば、お医師としてまた寄って立つその日までと、お住まいを兼ねて手習所の師匠をお任せしたのです」

「生まれは、どこなんで？」鍋寅が訊いた。

「確か駿州(すんしゅう)とか。人別改めのための名主に出した往来手形の写しがございますが、ご覧になりますか」

「お願いします」

「少々お待ちを」

文六は手代を呼ぶと、手で箱のようなものの大きさを示し、持って来るようにと命じた。

待つ間もなく、手代が箱を運んで来た。蓋を取ると、折り畳まれた紙が層を成していた。文六は、底の方から一枚の紙片を取り出すと、これでございます、と言って伝次郎の前に広げて置いた。鍋寅が首を伸ばして覗き込んでいる。伝次郎は、声に出して読み上げた。

「住まうところは、駿河国安部郡清水湊有渡町。医師、海野小岳。手形を書いたのは、叢禅寺の住職・英宗。行き先は、江戸。医学の習得のため、と一応なっているな……」

真夏が素早く懐紙に書き写した。

「旦那、いつ書かれたものでやすか」

「三年前の春三月だ」

「《名張屋》さんが、品川へ人を送ったのは、三年前の何月で？」

「三月の中頃ではなかったかと」

「するってえと、真っ直ぐかどうかは分かりやせんが、殆ど寄り道をせずに清水湊から江戸へ出て来たようでございやすね」鍋寅が言った。

「向こうに居づらくなったのかもしれねえな」

「逃げたのでしょうか」真夏が言った。

「そうして辿り着いた江戸の入り口で《名張屋》さんと出会い、手習所の師匠になった……」

「それが、どうかいたしましたのでしょうか」文六が、伝次郎と鍋寅、そして真夏に訊いた。

「どうもしねえ。ただ俺たちは、人の心の動きを読もうとしているだけだ」

「………」

「邪魔したな。俺たちが《名張屋》さんに訊きに行ったと分かれば、海野先生が不快に思われるかもしれねえ。出来たら先生には内密に願いたいのだが」

「よろしゅうございますとも。手前もお話ししようとは思っておりません」

「済まねえな」

《名張屋》を出ると、正次郎と隼が交替で、何を話したのかと伝次郎と鍋寅に訊いた。

「後だ」と答えて、伝次郎は、鍋寅に言った。「清水湊というと江尻宿からちょいと南に下ったところだったな。どうする？　江尻が生まれ故郷の男に頼むか」

新治郎が手先に使っている房吉のことであった。

「でも、何も出ないかもしれやせん。房吉を走らせて、間違いでしたでは、ご迷惑をお掛けすることになっちまいやす」

「迷惑を掛けるってのは、俺と新治郎にか」

「へい」

「俺なら、その心配は無用だ。あいつは何かおかしい。ここは、納得いくまで調べてみてもいいかもしれねえぞ」

奉行所に戻り、新治郎に房吉を借りられるか訊きたかったが、まだ昼前である。定廻りの同心が、昼前から奉行所で茶を啜っているはずもない。新治郎が見回りから帰るまで、伝次郎も見回りを続けることにした。

夕七ツ（午後四時）。

見回りを終え、奉行所の大門を潜る。鍋寅ら手先は同心の呼び出しが掛かるまで大門裏の控所に詰めていることになっていたが、永尋掛りの詰所が出来てからは違った。永尋掛りに使われている手先に限って、同心の詰所まで入る許しが出たのである。俺たちは年寄りだから、とてもじゃねえが一々大門裏まで行けねえよ、という伝次郎の申し出が通ってしまったからだった。

――このような時にだけ、年寄りであることを盾に取りおって。

年番方与力の百井亀右衛門は歯噛みして悔しがったが、町奉行の言質を取った伝次郎の勝ちだった。

詰所に向かい、伝次郎らがぞろぞろと石畳を歩いていると、玄関の奥が騒々しい。同心らの中に、定廻りの筆頭同心・沢松甚兵衛の姿があった。

「何かあったのでしょうか」隼が言った。

「言う前に、走らねえかい」鍋寅が顎で玄関を指した。

待て、と伝次郎が言う前に、隼の足音が石畳に響いた。

詰所に戻れば、留守役として近とふたりで居残っていた河野道之助が、何か聞き付けているかもしれない。河野に訊いて分からなかったら、改めて沢松に訊きに行けば済むことだった。

隼が当番方の同心に声を掛け、頭を下げている。当番方の同心が、受け答えをしながらちらちらと伝次郎の方を盗み見た。沢松が当番方の同心に取って代わり、隼に何事か話している。

隼が駆け戻って来ながら、竈屋夫婦が、と言った。

「死んでいたそうです。心中という話ですが、今新治郎様が検分に行かれているということです」

「場所はどこだ？」

「深川松賀町です」

「よし」伝次郎が踵を返そうとしたところを、沢松甚兵衛が呼び止めた。

「まさか、行かれるのですか」

「当ったり前だ」

「お控えください。竈屋の一件は、永尋掛りのものではございません」

沢松の言い分が正しかった。だが沢松は、伝次郎が捕物のいろはから叩き込み、甚六と渾名で呼んでいた同心である。しかも捕物の失敗など、弱みも握っている。控える謂れはなかった。

しかし、退くしかなかった。今は、沢松が筆頭同心であるように、駆け出しの与力の頃、鼻面を取って引き回していた百井が年番方になり、奉行所を引っ張っているご時勢なのだ。

「分かった。出過ぎた」

「申し訳ございません」沢松が膝に手を当てた。

「何か分かったら、教えてくれ」

「はい」

背を向けて行く沢松をちらと見遣った鍋寅が、参りやしょうか、と詰所の方に歩き始めようとした。そうは行くかよ。鍋寅を止め、伝次郎が言った。

「隼、半六、控所で新治郎を待ち受け、帰って来たら構わねえ、直ぐに詰所へ連れて来てくれ」

鍋寅の口が、よっ、よっ、と動いている。掛け声を掛けているつもりなのだろう。

「後で行く、と仰しゃった時は、いかがいたしやしょう」隼が訊いた。

「俺が倒れ、泡を吹いているとでも言ってくれ」

「そういたしやす」隼と半六が、大門裏に駆け戻って行った。

「泡を吹いているのに、隼さんたちが控所でのんびりと待っていたんでは、おかしくはありませんか」正次郎の言に真夏が頷いた。

「誰も俺が泡を吹こうとは思っちゃいねえ。来てくれと言っているんだ、と分かればいいんだ」

詰所の戸を開けると、河野が竈屋のことを話し始めた。死骸で見付かったとしか、聞かされていなかった。

近の淹れた茶を飲んでいると、小半刻（約一時間）程して、隼と半六の後ろから新治郎が現れた。

「どうだった？」伝次郎が、新治郎の顔を覗き込むようにして訊いた。「本当に心中だったのか」

「申し上げられません」

「何だと」伝次郎が、湯飲みを叩き付けるようにして畳に置いた。

「沢松様に申し上げる前に、父上に話したとあれば、順が違ってしまいます」

「…………」

新治郎は八畳の座敷を見回すと、隅に置いてある文机に目を留めた。

「貸していただけますか」

「勝手にしろ」伝次郎が横を向いた。

「覚書をまとめねばなりませんので。悪しからず」

新治郎は懐紙を取り出し、覚書を見ながら口に出して書き始めた。

「場所、深川緑橋西詰松賀町。屋号は、《東金屋》だが、竈屋で通っている。死んでいたのは、小兵衛、六十三歳。静、六十歳……」

伝次郎と河野と鍋寅は目を見合わせてから、文机の側に寄った。正次郎と隼と半六も、框に膝を突き、聞き耳を立てている。

「家の内部の様子からすると、小兵衛が静の心の臓を匕首で刺してから、咽喉を突いて死んだと思われる。隣に住まう刷毛師の話によると、今朝方暗いうちに訪れ、明け六ツ（午前六時）前に帰った者があった由。まだ薄暗かったので、よくは見えなかったが、身の丈は五尺四寸（約百六十四センチ）程で、四十くらいの男であったらしい。その後、六ツ半（午前七時）になって瓦の欠けたのをもらいに行き、心中に気付いたとのこと。物音や叫び声などは一切聞こえてこなかった……」

そこまで書いて、新治郎は筆を落とし、やや っ、と言った。墨で汚してしまいました。これでは使えませんな。捨てておいてください。

「お役に立てずに申し訳ありませんでした。では、これで」

皆に挨拶をして、新治郎は詰所を出ると、奉行所の玄関に向かった。

「旦那ぁ」鍋寅が、懐紙を伝次郎に手渡した。

「おっそろしく回りっくどい、下手な芝居をしやがったな」

「それが新治郎様のよいところでございますよ」鍋寅が洟を拳で拭った。

照れが頷くことを拒ませた。けっ、と伝次郎は悪態を吐こうとして、房吉のことを言い出すのを忘れているのに気が付いた。俺としたことが。鍋寅が見ている。房吉の件は後だ、と鍋寅に言っていると、河野が話し始めた。

「しかし、心中だとなると、かどわかしは竈屋夫婦の出来心ということになりますな」

「心中ならば、な。だが、朝っぱらに訪れたという男が殺したとなると、がらっと違うことになるぞ」

「口封じでございますか」隼が言った。

「このところ、子供がかどわかされたって噂を聞いたか」

「いいえ」隼が答えた。

「そんな話は、聞いてはおりませぬな」河野が続いた。

「昔は多かったんですか」真夏が訊いた。

「一月の間に三人くらいいなくなり、大騒ぎしたことがあったな。読売は神隠しだと騒ぎ立てていたが、この世に神隠しなんてねえんだ。可哀相に、かどわかされたか、川か堀に嵌っちまったんだ」伝次郎が言った。

「私も、そう思います」河野だった。

「確か三十年くらい前でやしたね」鍋寅が言った。

「若かったよな。俺たちも」

「地を掠めて燕が飛ぶ。あっしは追い抜きやしたからね、あいつらを……」

得意そうに鼻を蠢かせていたが、突然押し黙ると、宙空の一点を見据えている。

「何だ、真面目な顔して」伝次郎が言った。

「あの医者ですが、今を去る二十五年前、霊岸島町の隠居が殺されて、貯め込んでいた金子八十五両が盗まれたって事件がございやしたが、覚えておいででしょうか」

鍋寅の目が光っている。御用聞きの目だった。

「あった。確かに、あった」

「あの時、出入りした者をひとりひとり洗い出していた中に、煙草屋がいたんでやす」

「お前が調べに行った後、江戸を売った奴だな」

河野はふたりの話を聞きながら、永尋控帳の二十五年前の棚を探している。

「あいつに、どこか似ているような気がするんでございやすが」

「何度会った？」

「二、三度は……」

「二十五年前に二、三度会っただけで、間違いねえのか」

「あの年の六月、大川の水があふれて、永代橋が落ちたんです。落ちる一月前の事件だったんで、よく覚えている、と言いたいんでやすが、言えねえんです。自信がねえ。煙草屋の名すら出てこねえ……」

「佐太郎ですね」河野が永尋控帳を開いて、置いた。

人相書を見た。身の丈は凡そ五尺二寸（約百五十八センチ）などと記されている。

「身の丈は、ほぼ合っている」

「あの頃三十の半ばで、二十五年経っているから六十。年頃も合いやす。どういたしやしょう」

「煙草屋の頃の佐太郎を覚えている奴がいるかもしれねえ。奴が住んでいた長屋に行き、古くからいる店子に当たってみようじゃねえか」

「そいつは無理で」鍋寅が言った。「あの後の火事で、長屋の奴らも散り散りになっちまいやした」

「やはり、房吉を貸してもらうしかねえな。御用繁多だろうが、佐太郎かもしれねえとなると、益々放っておけねえしな」

隼と半六が身を乗り出しているが、ふたりには荷が重そうだった。正次郎を見た。腹が減っているのか、ぼんやりしている。駄目だ、頼りにならねえ。

「染葉が戻って来たら、飯でも食って、さっさと帰るぞ。新治郎の奴に頼まなければならねえからな」

染葉忠右衛門は、伝次郎がいの一番に永尋掛りに誘った、心を許した友であった。

夜四ツ（午後十時）少し前。

木戸が軋んだような音を立てた。新治郎が帰って来たのだろう。

伝次郎は、軽く握った拳の中に咳をした。これが他人ならば、やい、と言って声を掛け、手先を借りるぜ、で済ませられるのだが、倅となると、どうも気後れがしてしまう。嫌だと言うはずがないから、言い出しにくいこともあるが、倅が生まれて四十二年、冗談のように言ったことはあるが、済まない、と心から言ったことは、ほんの数える程しかなかった。その言葉を使うのが、どうにもこそばゆいのだ。

　母屋の雨戸が開き、踏み石が鳴った。

　隠居部屋の戸が引き開けられ、

「失礼します」新治郎の、あの孫の親とも思えぬ几帳面な声がした。

「おう」伝次郎は、ゆったりと構えて見せた。

「奉行所では、申し訳ありませんでした」

「いや、あれでよい。俺の方が無理を言ったのだ」

　腋の下が痒くなったが堪えた。

「正次郎に聞きました。房吉がお入り用でしたら、お貸しいたしますが」

　簡にして潔。無駄な言葉がひとつもない。

「よいのか」思わず向きを直して訊いた。

「竈屋の一件でしたら、朝方訪ねて来た者を探しているのですが、あの夫婦に関わりのある者で、身の丈が五尺四寸程で四十絡みの男というだけでは、おいそれとは絞れそうにありません。それに、刻限も刻限です。隣の刷毛師の目も不確かかもしれませんので、当分大きな動きはないでしょう。清水湊に行く余裕は十分にございます」

「そうしてもらえると助かる。何せ俺も鍋寅も年だからな。かと言って正次郎を調べに行かせるのも心許無い。明日にでも俺の詰所に寄越してくれるか」

「はい……」

「あの極楽蜻蛉は何をしている？」

「大飯を食らって寝ました」

「飯って、俺は食わせたんだぞ」

「さては、晩飯を二度食べたのですか」新治郎が伝次郎を見た。

「俺には似ていないぞ」

「では、誰に似たのですか」

「お前に似ていないのなら、母親だろう」

「言い付けてやります」

「待て」

新治郎は、それには取り合わず、どうせなら、と言った。

「今から房吉を呼んで参りましょうか」

「今、何刻だ？」

「夜四ツを過ぎた頃合です」

「明朝でよい。その代わり、早起きしてくれ」

「分かりました。正次郎を走らせましょう」

「朝から走ったら、さぞや食らうだろうな」

「我が家の米櫃（こめびつ）をひとりで空にしています」

「頼もしい、と言うべきなのかな」

三

十一月五日。七ツ半（午前五時）。

正次郎の足音が木戸の外に消えた。

足音は人を表す。玄関を出、木戸を通り、組屋敷を走り抜けて行く足音に、迷いがなかった。正次郎は、これから芝口（しばぐち）三丁目の日比谷（ひびや）稲荷、通称鯖（さば）稲荷脇の裏店・《五兵衛店（ごへえだな）》まで走り、房吉に旅仕度をさせて奉行所まで連れて行かねばならない。手下の仕事である。それを嫌がりもせずに、駆けて行ったのだ。

彼奴（あやつ）、ものになるかもしれぬな。

にんまりと笑ってから、伝次郎は掻巻（かいまき）を撥（は）ね除けた。

氷のように冷え切った畳が足裏に心地よかった。楊枝を使い、顔を洗い、母屋へ向かった。新治郎と向かい合って朝餉を食べた。

新治郎は、早めに出仕して、房吉のために公儀御用の往来手形を作らねばならない。それさえあれば、たとえ刻限外であろうと箱根の関所を通れるし、問屋場でも馬の継ぎ立てなどに便宜を図ってもらえる。

「朝早くから済まぬな」構えずに、するりと言葉が出た。

「何を仰せられます。当然のことでございます」

「うむ……」飯粒を箸で掬い上げ、口に入れた。いささか量が多過ぎたらしい。咽喉に詰まった飯を味噌汁で流し込んだ。

手先の卯之助らを待たずに、新治郎が出仕した。

伝次郎も仕度を整えると、伊都に金子の両替を頼み、鍋寅らが来る前に詰所に向かった。房吉を待たせる訳にはいかない。

詰所に着くと、程無くして正次郎と旅仕度を整えた房吉が来た。

「突然のことで済まねえな」

「お役目でございます。お気遣いはなし、ということで」

「そうか」

伝次郎は、清水湊に行き、医師・海野小岳について調べてほしいと言い、小岳が今、手習所の師匠をしていること、二十五年前に隠居を殺して逃げた煙草屋の佐太郎に似ていることなどを話し、小岳の往来手形の写しを渡した。

「問題は、この小岳が佐太郎かどうか、という一点だ。頼むぜ」

「江尻から清水湊に掛けては、小さい頃しかおりやせんでしたが、生まれ育った土地(ところ)でございます。お任せください」

「どれくらいで着く？」

「これからですと、藤沢(ふじさわ)か平塚(ひらつか)辺りで宿をとることになりましょう。明日は、雨ならば箱根に泊まり、晴れていれば箱根を越え、三日目の夜には清水湊に着けると思います」

「そんなに速くか。駕籠(かご)や馬は遠慮なく使ってくれよ」

「とんでもないことでございます。そんな贅沢は、とても……」

「贅沢じゃねえ。これはお役目で行くんだ。そのことを忘れねえでくれ。行きも疲れた時とか足を挫(くじ)いた時は使い、帰りは疲れが抜けていねえだろうから、必ず駕籠と馬を使ってくれよ」

「へい。その時は遠慮なく使わせていただきます」

伝次郎は、懐から一分金十二枚（三両）、一朱金十六枚（一両）、銭一貫文（一両）の入った巾着を渡した。これらの金子は、定廻り同心ならば、いつ何時御用の旅に出てもよいように、常に組屋敷に用意されているもので、伝次郎は伊都に頼み、手持ちの小判と両替してもらったのである。

「これを使ってくれ」

「こんなに沢山……」

「沢山なんてもんじゃねえ。恥をかかすな」

「必ず吉報をお届けいたします」

「待っているぜ」

そこに、新治郎が往来手形を持って現れた。

「これさえあれば鬼に金棒だ。ありがとよ」伝次郎が新治郎に言った。

巾着を懐に、往来手形を振り分けに仕舞っていると、息を弾ませながら鍋寅と隼と半六が詰所に着いた。

「よかった。間に合った」半六が言った。

「どうした？」

「路銀だが」

伝次郎に答えるように、隼がふたつの包みを差し出した。

「ひとつは房吉さんので、もうひとつは正次郎様のです」

「私の？」まだ湯が沸かず水を飲んでいた正次郎が、亀のように首を伸ばした。

「お握りが入っているそうです。まだ朝餉を召し上がっていらっしゃらないとのことで、御新造様が渡してくれと」

「これはありがたい。助かりました。今朝は半ば諦めていたのです」

正次郎は包みを受け取ると、早速広げて握り飯にかぶり付いている。

房吉は、大きな布に包むと、腰からぶら下げた。

「では、あっしは気が急くもので、出立させていただきます」

「頼むぜ」

「へい」答えると背を向け、半ば駆けるように奉行所の潜り戸から飛び出して行った。


その日の昼四ツ（午前十時）――。

染葉忠右衛門は、稲荷橋の角次と手下の仙太、万平を供に、千住大橋を渡って奥州筋から江戸に入って来る者を見張るため、浅草新鳥越町の自身番に詰めようとしていた。

　自身番の腰高障子を開けると、大家が黒羽織を見て、

「これはよいところにおでましくださいました」安堵の息を漏らしたではないか。

「何かあったのか」

「行き倒れでございます」

「息は？」

「いえ、もう……」大家は、さも残念そうに首を横に振ったが、それが見せかけであることは容易に見て取れた。

「亡骸は？」

「小塚原町の桂月寺に運びました」

「身性は？」

「分かりません。どこの誰だか証になるようなものを、何も持っていないのでございます」

「男なのか、女なのか」

「婆さんでございます。七十はいっているかと」

「倒れていた場所は？」

「小塚原の刑場と町屋の中程の道端でございます」

「この町内ではないのか。それにしては、やけに詳しいな」

「千住からこっちのことは、知らせが入りますので、見に行きました。何でも聞いてください」

「丁度いい。そこまで案内してもらおうか」

「はい」

大家は名を治兵衛と言った。治兵衛は黙っていると間が保てないらしく、絶えず手下の仙太と万平に話し掛けていた。

刑場を過ぎてもまだ話しているので、振り向いた治兵衛に、黙るように言おうとすると、

「ここです」と言って、治兵衛が道端を指さした。

見通しのよい街道の際だった。

「見出人は？」

「土地の者で、小塚原町は千住宿の内でございますから、宿役人の方と桂月寺で旦那がお見えになるのを待っているかと」

「見付けた刻限は？」

「暁七ツ（午前四時）を少し回った頃だそうです」

「そいつは早いな」

「まだ真っ暗でございます」

「見出人は、それからずっと待っているのか」

「ご心配には及びません。途中で飯に戻っているはずでございますから」

そうだとしても、三刻（六時間）は経っている。

「急ごうか」手下の仙太と万平を先に走らせた。

桂月寺は、小塚原の町屋の中程から東に折れたところにあった。

門前で待っていた仙太に導かれ、本堂に入った。

遺体が安置され、傍らに万平の他に、見出人らしい男と医師を思わせる茶筅髷の男がいた。

見出人は近くに住む百姓の豊作で、豊作の話からは何ら得るところはなかった。

医師は寿元と言い、齢八十を超えている老人であった。息子に代を譲り、暇な身体を持て余しているところのようだった。見立てを訊くと、

「私が診た時には、死んでおりました。傷はなく、恐らく卒中でしょう」

「いつ頃亡くなったか、およそのことで構わないが、分かるだろうか」

「身体が硬くなり始めていましたから、二刻（四時間）以上は経っていると思われます」

「と言うと、昨夜半頃か、その前辺りですか」

「そんなものでしょうな」

「誰か、家の者がいなくなったとか、申し出てきた者は……」

と言って、宿役人の姿が見えないことに気が付いた。万平に訊いた。

「申し遅れました。まだ、誰も現れないので、千住宿にその後申し出た者がいないか、聞きに戻っております」

「するってえと、今のところは、この仏はどこの誰とも分からないって訳か」医師に訊いた。「何か気付いたことは？」

「目立った黒子や傷などはありませんでしたが、彫り物をしておりました」

着物の胸許をはだけた。肩口に、二寸（約六センチ）ばかりの黒い馬の彫り物があった。

「行き倒れと言っても旅仕度ではなく、足も汚れていない。となれば、近くに住む者であろう。宿役人では手が回らぬ。角次、手分けして辺りを回ってくれ」

「あの、私は、どういたしましょう？」新鳥越町の治兵衛が、恐る恐る訊いた。

「丁度いい。手伝ってくれ。いい供養になるぞ」

「はい」治兵衛は両肩をそびやかした。


夕七ツ（午後四時）。

伝次郎らが市中の見回りから戻ると、勤めを終えた正次郎と近が、河野を挟んで茶を飲んでいた。直ぐに立ち上がった近が、盆に湯飲みを並べている。濃い茶を啜り、ふっと息を吐いたところに、一足遅れて染葉が角次らとともに詰所に帰って来た。

「ご苦労様でした」近が茶を淹れて出迎えた。

「ありがとよ。ほっとするぜ」

角次らも、片手拝みをして茶を受け取った。

「随分歩いたようだな？」伝次郎が訊いた。

「俺は大して歩いちゃいねえが、角次たちは千住宿の隅から隅まで歩いちまったな」

「いささか、疲れやした」弱音を吐かない角次にしては珍しく、疲れを口にした。

「何があったんだ？」

染葉が、老婆の件を、新鳥越町の自身番に着いたところから順を追って話し始めた。

「ふい、と家を出て、倒れたのではないのですか」真夏が訊いた。

「紙入れも持っていなかったのだぞ」染葉が答えた。

「婆さんが、夜の夜中にどこへ行こうってんだ」伝次郎が、月代（さかやき）の辺りを人差し指で掻きながら言った。

「特徴（しるし）は？」

「ここんところにな」と言って、染葉が左の肩口を指した。「馬の彫り物があった。特徴と言えば、そんなものかな……」

湯飲みを載せた盆が、かたかたと鳴った。近が、竈の側で棒立ちになっている。

「どうしたい？」鍋寅が訊いた。

「彫り物の馬ですが、前脚をこうしていましたか」手で前脚を跳ね上げているような格好をした。

「そうだ。その通りだ」

「年は？」

「そうさな。七十過ぎというところであろうか」

背丈はこれくらいでしたか。頭のてっぺん辺りに手をやった。

「そんなものだったが……」

「お駒さんだ」近が叫んだ。

「知り人か」

「はい」

「駕籠を呼べ」伝次郎が半六に命じた。

「幾つ、でございましょう？」隼が訊いた。

「三つだ。近と俺と染葉の分だ。後は半六に隼に真夏。付いて来てくれ」

「あっしは？」鍋寅が伝次郎に食い付いた。

「今夜は《寅屋》に戻り、明日ここで待っていてくれ。半六を寄越すから詳しい話を聞いてくれ」

「嫌だね。仲間の知り合いが死んだってのに、家で飯食らって屁ぇこいていられますかってんだ。付いて行きやす」

鍋寅が顎を突き出した。梃子でも動かない、と形で見せているのだ。

「駕籠。四つだ」

「馬鹿にしちゃいけねえ。俺の足は」

「一昨日よろけただろうが、俺と同じくよ」

「あれは、地べたの奴が凸凹してたんで」

「半六、頼むぜ」駕籠を呼びに行かせた。

正次郎に、今夜は遅くなる旨、新治郎と染葉の息子に伝えるように言い、河野には皆が出払うので、もう暫く残っているように頼み、奉行所を出た。

## 四

木枯しが吹き抜ける中、桂月寺に着いた。寺を包み込むように鬱蒼と繁っている森が、黒い藻のように揺れ騒いでいる。暮れ六ツ（午後六時）の鐘は、駕籠の中で聞いた。本堂に灯されている明かりが、遠く小さく瞬いている。駕籠を降りた近が足を速めた。

遺体は、近の思った通り、駒であった。

近の泣き声が暫く続いて、途切れた。

目許を拭うと、近が言葉を探すようにして話し始めた。

「皆さんご存じのことですが、鬼火の一味を探すのだと思い詰め、物乞いの真似ごとをしながら探し回っていた頃のことです。物乞いにも縄張りってものがありましてね。そりゃあ、いじめられました。でも、助けてくれた人がいたんです。それがお駒さんで、どこかで昔、見掛けていたのか、《布目屋》の御内儀さんでは、と声を掛けてくれたんです」

それから、と言って、再び目の下を拭うと言葉を続けた。

「並んで物乞いをしたこともありました。何くれとなく面倒を見てくれていたのですが、半年も経った頃でしょうか。いい働き口が出来たので、といなくなってしまったんです。その後のことはご承知の通りでして、お駒さんからは何の音沙汰もなく、まさかこんなことになろうとは……」

「昔の塒は知っているのかい？」

「確か、神田多町の方だと……」

「明日にでも、お駒が言っていた、いい働き口って奴に心当たりがねえか、訊いてきてくれ」伝次郎は隼と半六に言うと、近に向き直った。「死んだのは卒中かもしれねえが、どこで何をしていたのか、はっきりしねえってのも気になるしな」

「お忙しいのに、ありがとうございます」近が、床に手を突いた。

「よしてくれよ。これが、俺たちの役目だわな」

「よく彫り物があると知っていたな」染葉が訊いた。

「私が刀傷を見られるのが嫌で湯屋に行けずにいると知り、朝湯に入ろうと誘ってくれたんですよ。旦那もご存じのように、朝っぱらなら、女湯はがらがらですからね」

「成程」

「彫り物について、何か言っちゃいなかったか」伝次郎が訊いた。

「若い頃はこんなこともしてたのよ、と壺を振る真似をしたことがありました。血は随分見ているから、刀傷くらいでは驚かない、とも」

「血は見ている、か……」

伝次郎は改めて駒の顔を見た。どれだけの修羅場を生き抜いてきたのか、深い皺が刻まれていた。

「よしっ」と伝次郎が、景気のいい声を上げた。「ちょいと張り込んで、通夜でもするか」

「気の利いた風な煮売り酒場が、直ぐそこの横町にありやしたぜ」鍋寅が言った。

「流石(さすが)は鍋寅の父っつあんだ。見るところは見ているもんだな」

「だから、僅(わず)か四つ違いの旦那に、父っつあん呼ばわりされたくねえ、といつもいつも言ってるじゃ……」

鍋寅が、言葉を切った。

足音が、それも慌ただしく駆け付ける足音が、本堂の外に響いたのだ。

真夏が跳ねるようにして立ち、戸を開けた。

本堂から漏れる仄明(ほのあ)かりの中に若侍がいた。

「先達(せんだつ)、正次郎さんです」真夏が叫んだ。

「何だ……」伝次郎が真夏の傍らに急いだ。「何があった?」

「子供がいなくなったそうです。今、迷子か、かどわかしか調べています」

「いなくなった刻限は?」

「七ツ半(午後五時)少し前ということです」

「場所は？」

「庭で遊んでいたと聞いています」

「それで、どうして迷子なんだ？」

「裏口の木戸が開いていたとか」

「親は、どこの誰だ？」

「元浜町の水油問屋《因幡屋》弥平次。いなくなったのは、ひとり息子の弥吉、六歳です」

「よくそこまで聞き取ってから知らせに来たな。よくやった」

いつになく褒められたので、正次郎は一瞬笑い掛けたが、真顔になり、実は、と言った。

「何だ」

「河野様が、そう言えと……」

「教えてくれたのか」

「はい……」

「褒めたのを取り消す。しかし、いなくなった刻限が、この間の竈屋の時と同じなのが気になるな。所謂、逢魔刻だ」

「それは、どういうことで？」鍋寅が訊いた。

「考え過ぎかもしれねえが、かどわかしを生業にしている者がいるのかもしれねえ、と思ったのさ」

「まさか……」鍋寅が染葉を見た。

「だとよいのだが、二十八年前の時は、一月の間に三人いなくなったからな」

「皆、そのまま分からず終いだ……」伝次郎が言った。

「縁起でもねえっすよ」隼が言った。

「先達がお幾つの時ですか」真夏だった。

「四十だ。四十一で定廻りになったから、その前の年のことだ。行人坂の大火から五年、ようやく町に笑顔が戻った頃のことだ」済まねえな、と伝次郎は近を振り返った。「聞いた通りだ。戻らなければならねえ」

「私なら、お気遣いは無用でございますから」

「そうはいかねえ」これで、と懐から小粒と一朱金を四枚取り出し、隼に渡し、

「通夜と葬式を挙げてやってくれ」

酒も忘れねえようにな。

近が背が見える程、頭を下げた。

近と鍋寅と隼、それに半六と真夏が残り、伝次郎は染葉と正次郎とともに奉行所に戻ることにした。

行こうとして、そうだ、と言って、鍋寅を呼んだ。

「帰り掛けに絵師を取っ捕まえて、ここに寄越すからな。山谷橋のたもと近くに、何とか言うのがいただろう。あいつに駒の似顔絵を描かせてくれ」

「そこまでしなくても、いいようにも思いやすが……」

「はっきりしねえうちは、打てる手は打っておいた方が、俺は気分がいいぜ」

「承知いたしやした」

奉行所へ、また駕籠を飛ばした。脇を走る正次郎の荒い息が耳に付いた。

《因幡屋》弥平次の倅・弥吉は見付からなかった。

十一月六日。朝五ツ（午前八時）前。

正次郎とともに奉行所の大門を潜った伝次郎は、いつものように途中で石畳を折れずに、真っ直ぐ玄関に向かった。

「先達、こちらでよろしいのですか」

「行き先を間違える程惚けちゃいねえ」

伝次郎は玄関に詰めている当番方の同心に、竈屋から立ち去った男の見当が付いたか付かねえか、何か耳にしてねえか、と尋ねた。同心は答えてよいものか、同僚の顔を見てから、いいえ、と答えた。

「ありがとよ」

伝次郎は、正次郎に片手を僅かに上げて、永尋掛りの詰所へと向かった。当番方の同心が正次郎を見た。正次郎は、取り敢えず頭を下げておいてから、胸の中で溜息を吐いた。

(出来るものならば、私もあんな風に傍若無人に生きてみたい……)

「大変だな」ひとりの同心が言った。

「慣れていますから」と正次郎は答え、式台に上がった。

伝次郎が詰所の戸を開けると、襷掛けをした河野道之助が竈の前にいた。近がいないので、湯を沸かしているらしい。

「済まねえな」

「何の。私は火を熾すのが好きでして、薪が燃え付くところなどは、見ていてよいものです。木っ端の炎が薪に絡む。抗おうとする。逃がすか。薪の上っ面を炎が嘗め、食い付き、歯を立て、齧る。そうなると、もういけません。炎に勢いが付きます。楽しいですよ」

「よかったな」

伝次郎は、框から座敷に上がり、胡座を掻いた。手焙りなど何もなかったが、竈の火が詰所を微かに暖めていた。

「昨夜、いろいろと考えたのですが」と河野が、薪を持った手を止めて言った。

「何を、だ」

「この五十年間に二度、僅かの日数の間に子供が立て続けに行き方知れずになる事件が起こっています。二十八年前の三人と四十九年前の三人です。どうしてこのように間が空いているのかと考えているうちに、ふとあることに思い至ったのです。宝歴五年（一七五五）、私が初出仕した十三歳の時から付けている日記を紐解き、火事の年を調べてみました」河野が脱いだ羽織の下から巻紙を取り出した。「それが、これです」

巻紙を伝次郎に手渡すと、見るよう促しながら言った。

「●印は子どもが行き方しれずになった年で、表には火事の他に洪水なども書き添えておきました」

伝次郎は、巻紙を開いた。細かな時がぎっしりと並んでいた。

五十　年前　宝暦　五年

●四十九年前　宝暦　六年　十一月、八重洲河岸、林大学頭様御屋敷より出火。

四十八年前　宝暦　七年　十二月、浅草黒船町より出火。

四十七年前　宝暦　八年　三月、霊岸島浜町より出火。

四十六年前　宝暦　九年

四十五年前　宝暦　十年　二月、麻布谷町より出火。

同月、神田旅籠町の足袋屋《明石屋》より出火。

同日、芝増上寺より出火。

四十四年前　宝暦十一年

四十三年前　宝暦十二年　二月、芝浦より出火。

四十二年前　宝暦十三年　三月、四ッ谷伊賀町より出火。

四十一年前　明和　元年　二月、神田新白銀町より出火。

十二月、神田皆川町より出火。

閏十二月、浅草田町二丁目、袖寿里稲荷近くより出火。

四十年前　明和　二年

三十九年前　明和　三年　二月、堺町より出火。

七月、大雨。小石川及び本所、深川、水に浸かる。

十月、愛宕下、大火。

三十八年前　明和　四年　四月、八丁堀、金六町より出火。

五月、日比谷御門内より出火。

八月、大風。

三十七年前　明和　五年　一月、南本所番場町より出火。

四月、吉原全焼。

十一月、吉原全焼。

十二月　麹町五丁目、善国寺横町より出火。

三十六年前　明和　六年　四月、吉原大火。

八月　暴風雨。

三十五年前　明和　七年

三十四年前　明和　八年　一月、麻布市兵衛町より出火。
　　　　　　　　　　　　二月、村松町より出火。
　　　　　　　　　　　　四月　吉原全焼。
　　　　　　　　　　　　六月　大地震。
　　　　　　　　　　　　八月　大風。
三十三年前　安永　元年　二月　吉原大火。
　　　　　　　　　　　　同月、目黒行人坂より出火。
　　　　　　　　　　　　八月、暴風雨。
三十二年前　安永　二年　三月、疫病流行。
三十一年前　安永　三年　六月、落雷（三十七カ所）。
三十　年前　安永　四年
二十九年前　安永　五年
●二十八年前　安永　六年
二十七年前　安永　七年　二月、本石町より出火。
二十六年前　安永　八年　八月、暴風雨。和泉橋落下。
二十五年前　安永　九年　六月、洪水。永代橋、新大橋落下。

二十四年前　天明(てんめい)元年　一月、堺町の芝居茶屋より出火。
七月、大地震。
九月、吉原伏見町(ふしみちょう)より出火。

二十三年前　天明二年　八月、津波。
九月、暴風雨。

二十二年前　天明三年　三月、霊岸島塩町(しおちょう)より出火。
四月、深川黒江町(くろえちょう)より出火。
六月、大雨。
十二月、浅草鳥越より出火。

二十一年前　天明四年　一月、青山(あおやま)、麻布より出火。
三月、飯倉神明宮(いいくらしんめいぐう)の門前町より出火。
四月、吉原全焼。
十二月、八重洲河岸より出火。

二十年前　天明五年

十九年前　天明六年　一月、湯島(ゆしま)より出火。
同月、西久保(にしくぼ)神谷町(かみやちょう)より出火。

同月、本所三ツ目通りより出火。
二月、駒込白山前町より出火。
七月、大洪水。新大橋、永代橋落下。

十八年前　天明　七年　一月、青山原宿町より出火。

十七年前　天明　八年　十一月、吉原全焼。

十六年前　寛政　元年　十一月、浅草阿部川町より出火。

十五年前　寛政　二年　一月、南本所荒井町より出火。
同月、本所小梅村より出火。
八月、暴風雨。本所、洪水。

十四年前　寛政　三年　八月、大雨。深川、洪水。
九月、暴風雨、津波。

十三年前　寛政　四年　七月、麻布南日ヶ窪町より出火。

十二年前　寛政　五年　十月、湯島妻恋町より出火。
十一月、赤坂新町三丁目、釜屋横町より出火。

十一年前　寛政　六年　一月、麻布坂下町より出火。

四月、吉原全焼。

九月、品川宿大火。

十年前　寛政　七年　十月、竜ノ口評定所焼失。

十二月、尾張町より出火。

九年前　寛政　八年

八年前　寛政　九年　七月、雷雨。

十月、神田佐久間町より出火。

七年前　寛政　十年　四月、大雨。洪水。

六年前　寛政十一年　一月、南本所番場町より出火。

同月、神田小柳町より出火。

同月、雑司ヶ谷より出火。

同月、神田三河町より出火。

二月、麻布宮下町より出火。

五年前　寛政十二年　一月、谷中いろは茶屋より出火。

二月、山谷浅草町より出火。

四年前　享和　元年　三月、尾張町より出火。

十一月、神田蠟燭町（ろうそくちょう）より出火。
三　年前　享和　二年　一～三月、火事多発。
十二月、小石川より出火。
二　年前　享和　三年　一月、火事多発。
一　年前　文化　元年　二月、火事あり。
六月、暴風雨。

十二月、橋本町（はしもとちょう）より出火。
●本年　文化　二年

「四十九年前は、大火が起こったのが十一月、行き方知れずが出たのは一月から二月に掛けてです。この年以前の惨事は、七年 遡（さかのぼ）って寛延（かんえん）二年八月の洪水か、更に三年遡った延享（えんきょう）三年二月の大火になります。二十八年前は、行人坂の大火から五年目です。その他の年は、ご覧のように殆ど毎年のように大火が起こっています」

「それがどうした？」

「火事です。逃げ惑う人の群れの中から、親にはぐれた子供をかどわかすなど、容易いこととは思われませんか」河野が、恐らく、と言って身を乗り出してきた。「かどわかしは、我々が気付かぬうちに何度も起きていたのではないでしょうか。火事や洪水に紛れてかどわかされた時は、誰もそれと疑わなかった。誤魔化すものがない時だけ、かどわかしか、あるいは神隠しとして記された。そう考えると、ことが間遠に起きたことも頷けます」

「では、なぜ今年なんだ。去年も今年も火事はあったが、子供がいなくなったとか、焼け死んだという話は聞いてねえぞ。その時には、かどわかしはなかったのか」

「かどわかし損ねたのかもしれませんし、また、かどわかす必要に迫られていなかったのではないでしょうか」

「必要とは？」

「ひょっとしたら、子供を入用とする者どもがおり、その注文を受けてかどわかしをする輩がいるのでは」

「一体何のために子供が要るんだ？」

「それは考えてください」

「俺が？　ここまで考えたのは、お前だろうが」

「私は事実はいくらでも言えますが、残念なことに、悪の心根に疎いところがあります。その点二ツ森さんなら……」

「通じている、と言いたいのか」

「近い、と」

「何を言いやがる」伝次郎は、瞬間浮かべた笑みを吐き捨て、実は、と言った。

「俺も昨夜、かどわかしを生業とする者がいるのかもしれねえと思ったんだが、河野の考えは俺以上のものだ。よくも思い付いたものよ、と言ってやりてえが、まだ決め手がねえ。かどわかされたのは、いくつくらいの年頃だ？　昨夜のは、確か六つだった。多助が助けた清之助も、それくらいだ。人買いに売るのならば、物心が付く前の方がいいんじゃねえか」

「乳飲み子は育てるのが面倒ですが、五つ六つの子供ならば飯を与えておけば大きくなりますが」

「まあな」

「そして苦界に沈めるとか、船に乗せ、南蛮人に売るとか」

「お前の方が悪に近いじゃねえか。お前に任せる。もう少し調べてみてくれ。手先はいるのか」

「私が使っていたのは、疾うに死んでしまいました」

「手下が継いじゃいねえのか」

「利に聡いところのある奴で、あまり好ましくないのです」

「年寄りでもいいか」

「誰かいるのですか」

天神下の多助の名を口にした。

「捕物に命張ってた奴を、あんな形で終わらせたくはねえんだよ。死に水を取ってやっちゃくれねえか」

河野は薪を竈に放り込むと、

「多助ならよく覚えています。皆さんの話も聞いておりますし、二ツ森さんの言い方を真似るなら、願ったりです」

「そいつはよかった」

伝次郎は手を挙げて応えてから、改めて巻紙を見た。よく調べられていた。表を見ると、その年のことどもが直ぐに思い出された。

これは、と伝次郎は、河野に言った。

「永尋掛りの宝になるぜ。必ず、様々な時に役に立つ。壁に張り出そうじゃねえか」

伝次郎が、もう一度唸っていると、詰所の戸がそっと引き開けられた。

正次郎であった。

「何だ、今頃？」

「染葉様が少し遅れると、例繰方の染葉様からの言付けを預かって参りました」

それには応えず、伝次郎は正次郎に、暇か、と尋ねた。

「いいえ、多忙です」

「何をやらされている？」

「まだ染葉様の下でお調書の繕いをしています」

「だったら、用が済んだら帰れ」伝次郎が手の甲を向け、しっしっ、と犬の子のように追い払った。

「もうひとつ用がありまして。こちらの永尋控帳の中に、寛政三年八月、深川が洪水になった時に起こった質屋殺しのお調書の写しがあるので、それをお借りしに参りました。例繰方にあるお調書が綻んでしまっているのです」

「もうひとつなどと言わずに一度に言え」言ってから思い直したのか、伝次郎は正次郎を手招きした。「そんなことより、外に出たくないか。小遣いもやるぞ」

「よだれが出ます」

「正直でよい。染葉の言い付け魔を呼んで来い」

「言い付け魔？」

「忘れろ。それは言わぬ約束だった。何でもいい、染葉の倅を呼んできてくれ」

急げよ。命じられた正次郎は、永尋控帳を手に、詰所から駆け出して行った。

多分、奉行所内の廊下も人目を盗んで走ったのだろう。間もなく、染葉の倅・鋭之介（えいのすけ）が永尋掛りの詰所に現れた。伝次郎は、框に下りると、鋭之介に茶を勧め、

「そなたの父が難渋している」と言った。「手伝いに正次郎を走らせたいのだが、一刻程貸してもらえぬであろうか」

「嘘（うそ）ですね」鋭之介が、珍しく勘の冴（さ）えを見せた。

「本当のことだ」

「では、そういうことにしておきましょう。二ツ森さんには借りがありますからね」

「何か貸したか」

「鳶（とんび）が鷹（たか）です。父が大層喜びましたので」

鋭之介のことを褒めたことがあった。

「そうか。喜んでいたか」

「では」

　外に出た鋭之介が、詰所の前で染葉と一言二言、言葉を交わしている。染葉が、遅れて済まぬ、と言いながら入って来た。

「俺が難渋しているそうだな。聞いたぞ」

「何かあったのか」

「遅れた訳か。つまらぬことだ。まだ付届を寄越すお店があってな。そこに寄ってきたのだ」

「揉め事か」

「手代がお店の金をくすねていたのだ。額が僅かなので、俺の裁量で町内預かりにしておいた。もう二度としないだろう」

　立ったままふたりの話を聞いている正次郎に、何をしている、行ってこい、と伝次郎が急かした。

「どこに、ですか」

「まだ用を言ってなかったか」

「はい」

「多助を呼んできてくれ。船番所前の切石に座っていた、あの多助だ」

「あれっ、多助さんは、もう二度と十手(じって)は持たない、と言っていませんでしたか」

「うるさい奴だな。頼みたいことがあるんだ。ごちゃごちゃ言わずに行け」

「分かりました」

「恐らく、今日も切石に座っているだろうが、万一いねえ時は、塒は湯島天神下だ。元御用聞きと言えば分かるだろう。回ってくれ」

「回るって……」

船番所から湯島天神まで行き、そこにもいなかった時は、どうすればよいのだ。頭がくらっとしそうになったが、言っても無駄と思い、正次郎は口を閉ざした。

## 五

二ツ森正次郎が、永代橋の西詰にある船番所に向かっている時、隼と半六は桂月寺を後にし、真夏とともに神田多町の裏店へと急いでいた。

神田多町の裏店は、柳原通り界隈を根城にする夜鷹や、比丘尼横町で春をひさいでいる隠れ売女が好んで住処としていることで知られたところだった。そのような裏店では、大家はともかく、店子どもは御用聞きには冷淡であった。

知らないね、の一言でも返事が来ればめっけもので、たいがいは腰高障子を音高く閉められてお仕舞いとなった。

しかし、この日は違った。

二本差し姿の真夏が、恐れ入ります、と声を掛け、

「一年程前になります。こちらにお駒殿という、年の頃は七十くらいになる方がおられませんでしたか」と訊くと、皆が皆、腰を上げ、素直に答えるのだ。どう見ても奉行所の者には見えないことと、女の身で腰に大小を差している姿に圧倒されるのだろう。

三軒の裏店を回り、四軒目の《左兵衛店》で、駒が一年半前に長屋を引き払っていたことを突き止めた。

「どこに行くとか、言ってなかったかい」隼が訊いた。

「確か、梅がどうしたとか言っていましたが、申し訳ありません。それ以上のことは」大家が答えた。

「梅ってえと、湯島天神かい？」

「さあ」と首を捻っている大家に、店子の中に駒とよく話していた者はいなかったか、訊いた。

「お駒は、その、物乞いをしていたものですから、それを嫌う者もおりまして、折り合いが……」

「付き合いはなかったのかい」

「はい。そういうことで……」

頭を下げた大家が、井戸端に出て来た女に気付き、呼んだ。

「お富さん、来ておくれ」

出入りが激しくて、と大家が富に手招きしながら言った。ここでお駒を見知っているのはお富だけになってしまいました。お富にしても、お駒と親しいとかではなく、口喧嘩をしていなかったというくらいですが。

袂を帯に差し込みながら来た富に、大家が駒のことを訊いた。

「何か言ってなかったかい？」

「親身に話そうって人じゃなかったですしね。そんなこと、大家さんも知っていなさるじゃないですか。他に何もなかったら、これで」背を向けた富が、二歩程歩いて足を止めた。「そう言えば……」

同じ神田多町の《念仏長屋》のお咲という女と、親しげに話しているのを見掛けたことがある、と富が言った。

「あたしたちには見せたことのない顔をしていたからね。聞いてみたらいい」

《念仏長屋》は、目と鼻の先にあり、二軒目に訪ねた長屋だった。

富と大家に礼を言い、隼らは《左兵衛店》を飛び出した。

同じ頃――。

正次郎は、船番所前の切石に座り、ぼんやりと海を見ている多助を見付け、ほっと胸を撫で下ろしていた。ここにいなければ、湯島天神まで行かなければならないところだった。

(助かった……)

正次郎の足の運びが軽やかになった。多助の姿が次第に大きくなってきた。瘦せた肩の上に、頭が見えた。痛々しげに細布が巻かれていた。竈屋夫婦を追っていた時に被(こうむ)った怪我であることは、伝次郎らの話で知っている。脅かさないように、そっと声を掛けた。

「こりゃどうも」多助が腰を上げて、膝許に手を当てた。

「祖父の使いで参りました」

「あっしに何か」

「頼みたいことがある、とのことです」

「先日の一件でしょうか」

「さあ、そこまでは」正次郎は首を捻って見せた。

「こう言っては何ですが、あの旦那は、捕物がなかったらどうなっちまうんだろうと思いやすね」

「その辺については、見ています」

「へい？」

「町に出て、揉め事を見付けては、喜んで割って入っていました」

「らしいや」多助が頬(ほお)を引き攣らせるようにして笑った。

「もう、捕物はしないのですか」

「あっしが、ですか。断りの言葉を伝えてもらったのは、若旦那でやしたよね」

「私です。よく覚えています」

「それで、お訊きになるんですかい？」

「はい」

「あっしは十手を持っちゃいけねえ奴なんですよ」多助が顔を海に向けた。

「だから石に座っているのですか」

「余計なお世話でございやす。まだ若旦那には、捕物が分かっていねえんですよ」

「かもしれませんが、分かっていることもあります」

「………」

「子供がかどわかされそうになった時、どうしました？　多分、多助さんは御用聞きに戻っていたんでしょう？」

「………」

「海を見ているだけでは、変わるものも変われません。十手をもう一度握ってみてはどうですか」

「出来ねんですよ」

「出来ないで終わってもいいんですか。多助さんが石に座っていたからといって、八丈で亡くなられた方は浮かばれませんよ。二度と間違いを犯さぬよう、あなたが遮二無二捕物する姿を見たいと思いますよ」

「若、それまでだ。勘弁してくだせえ」多助が苦しげな声を上げた。

「済みません。頭の蝿も追えない者が、生意気を言いました」

「……そんなことは、ねえですよ」

　正次郎が多助を連れて永尋掛りの詰所に戻ると、一足先に帰った隼が伝次郎に覚書を見ながら報告をしている。

「で、《念仏長屋》に戻って訊くと、お咲は一年前に風邪が因で亡くなっておりました」

「ご苦労だったな。梅の一言だけでも収穫だ。半六も真夏も、疲れただろう。休んでくれ」近が盆に載せた茶を差し出した。葬儀を済ませ、昼過ぎには鍋寅と戻っていたのである。

　戸口に立っている正次郎に気付いた鍋寅が、戸口の外を見た。

「旦那、若が天神下のを連れてお帰りになりやした」

「おう、入ってくれ」伝次郎が首を伸ばして、多助に言った。

正次郎が脇に下がり、多助の背を押すようにして中に入れた。

「大丈夫か」染葉が多助の顔を見ながら言った。

「医者の野郎が勝手に巻きやがっただけで、大したことはござんせん」

「ここにいるのは、皆、顔見知りだな。それと……」伝次郎は、永尋控帳を広げて調べている河野を呼んだ。「覚えているな？」

「河野の旦那でございやすね。お久し振りで」

「天神下の親分か。相変わらず、鼻が利くらしいな」河野が言った。

「とんでもないことでございやす」

「頼みがある」伝次郎が多助に言った。

「そのように伺いましたが、何でございやしょう」

「回りくどいのは嫌いだ。答えてくれ。お前さんのことだ。河野も永尋掛りのひとりなのだが、手先となって動いてくれるのがいねえんだ。どうだ、手伝っちゃくれねえか。後の顔触れはご覧のように年寄りばかりで、若いのは尻っぺたの青い奴らだ。気兼ねはいらねえ」

「先達……」正次郎が声を掛けた。

「何だ？」

「若」多助が、正次郎を制して、伝次郎に言った。「若に諭されやした。石に座っているだけでは駄目だ、と」

「そんなこと、言ったのか。てめえの頭の蠅も追えねえのに……」

「それも言いました」

「何を、だ？」

「いえ、いいです」

「若に言われた時、何だか二ツ森の旦那にどやされているような気になりやして。それで、道々考えやした。もう一度やりてえな、と。そしたら、このお話です。腹ぁ括(くく)りやした。こんなあっしでよかったら、存分に使ってやっておくんなさい」

「やってくれるかい」

「へい」多助がきっぱりと言い切った。

鍋寅が正次郎の腕を摑んだ。お手柄でございやすよ。

「若のお蔭(かげ)です」多助が正次郎に深々と頭を下げた。

「へへへ」

「何だ、その笑い方は」伝次郎が、怒鳴った。「油を売っていねえで、務めを果たしてこい。俺たちは暇を持て余している訳じゃねえ。これから手分けして町回りに行かなきゃならねえんだ」

「では、夕刻まで働いて参ります」

正次郎が、袴（はかま）の裾を蹴立（けた）てて、戸口から出て行った。

「あの馬鹿が、石に座っているだけでは駄目だと言ったのか……」

「旦那、あっしは若旦那に助けられやした」

「あまり褒めねえでくれ。調子に乗り易（やす）い奴だからよ」

伝次郎と染葉は二手に分かれて町回りに出ることにした。伝次郎は鍋寅と真夏を連れ、染葉は隼と半六に、早速多助を供にした。染葉の手先である角次は別の一件に飛び回っており、河野は控帳を調べることに没頭しているので、多助が宙に浮いたためである。

この日も大きな事件（こと）はなく、掏摸（すり）をひとり捕えて自身番に預けたのと、喧嘩を一件仲裁しただけで、夕七ツ（午後四時）を迎えることになった。

多助の返り咲きを祝って飲もうという話が持ち上がったが、このことを知らせたい人がいるので、今日はご勘弁を、と言う多助の言を聞き入れ、酒は後日となった。

「これでしょうかね」と鍋寅が、帰る多助の背を見ながら小指を立てると、染葉が頷いた。「心から祝ってくれる人がいるってことだ。何だか、救われたぜ」

へい。鍋寅が洟を啜り上げていると、新治郎の手先として働いている堀留町の卯之助が現れ、伝次郎に、旦那の帰りは五ツ半（午後九時）を回るとのことでございます、と告げて、大門裏に引き返した。

正次郎が勤めを終えて顔を覗かせたのを潮に、もう少し調べものをするという河野を残し、帰路についた。鍋寅らと別れ、染葉とも別れると、伝次郎が正次郎に言った。

「ちっとはまともになってきたようだな」

「本当ですか」

「お前は作りが粗雑だから気付いていないだろうが、若と呼ばれても何の抵抗もなく受け入れている。前は、若と呼ばないでください、とか言っていたんだぞ。それだけ、お前に幅が出てきたんだ」

「そういえば、気にならないです」

「だから粗雑だ、と言ったんだ」

「でも、褒められたんですよね」

「褒めた」

「あまり褒められた気がしませんが、確かに褒められてますよね」

「お前は男の癖に口数が多い。二度と褒めねえから、そう思え」


六ツ半（午後七時）。

伝次郎と正次郎の夕餉（よる）が始まった。伊都は盆を膝脇に置き、側で控えている。

煮魚と青葱（あおねぎ）と油揚げの炊き合わせに香の物である。正次郎が、飯を頬張りながら伊都に言った。

「今日は、先達に褒められました」

「家では、先達と言わずともよい」

「もう慣れましたので、それに年寄りくさくなくていいでしょう」

「口の減らぬ奴だ」

「何を褒められたのですか」伊都が、膝を送るようにして訊いた。

「随分とものになってきた、と」

「まあ、それはとてもすごいことですね」

「とても、と言う程のことでは……」

「だって、珍しいではないですか。滅多に褒めない義父上がお褒めになったのです。喜ばなくては。ねえ義父上」

「そうだな……。怒鳴ってはいかん。俺の嫁ではなく、新治郎の嫁だ。我慢だ」

「それを早く言ってくだされば、もう一品作りましたのに。何かなかったかしら。探してきましょう」

伊都が慌てて台所に行った。伝次郎と正次郎は、ちらりと目を見交わすと、何も言わずに箸を動かした。

「何もございませんでした」伊都は、いかにも残念だというように眉を曇らせていたが、直ぐに楽しげに手を合わせた。「明日はご馳走を作りますからね。義父上も正次郎も、早く帰ってきてくださいね」

「出来たらそうしよう」

伝次郎は茶をもらい、隠居部屋に引き上げた。

新治郎が帰って来たら、呼んで、かどわかしの一件を訊こうと思っていたのだが、木戸が開いた時は夜四ツ（午後十時）を回っていた。

明日にでも沢松をいたぶって聞き出そうと心に決め、夜具に潜った。

# 第二章　弔い合戦

## 一

十一月七日。朝五ツ（午前八時）前。

出仕した伝次郎は、隼と半六と真夏、そして非番の正次郎を先に永尋掛りの詰所に行かせると、鍋寅に大門裏の控所で定廻り筆頭同心の沢松甚兵衛が来るのを見張るよう命じた。

「いいか、甚六が来たら、有無を言わさず詰所に連れて来るんだぞ」

甚六は伝次郎が沢松に付けた渾名だった。

近の淹れた茶を飲んでいると、沢松が詰所の戸を開け、つかつかと入って来た。側にいた正次郎は無視し、染葉には軽く会釈して、

「三ツ森さん」と言った。「お気持ちは分かりますが、私にも立場というものがございまして……」

「どんな具合だ？」沢松の言い分を聞く気はなかった。

「ですから」

「俺たちが気に掛けねばならぬのは、俺やお前の立場ではなく、子をかどわかされた親の気持ちだろうが」

「新治郎に訊かなかったのですか」

「夜は遅く、朝は早くに出掛けちまっていて、訊けなかった」

「子供は未だに行方が分かっておりません。また、怪しい者を見掛けた者も、まだ見付かっておりません」

「竈屋を訪ねて来たという男は？」

「摑めておりません」

「何をたらたらやっているんだ？　一歩も進んでいねえじゃねえか」

「だから、焦っているのです。御用がなければ、これにて失礼いたします」

沢松は戸口の前に立っていた鍋寅を押し退けるようにして詰所を出ると、急ぎ足で玄関の方へと向かった。

「一言よろしいでしょうか」正次郎が言った。

「ん……」伝次郎が促した。

「先達の仰しゃるのも分かりますが、あのような言い方をしては沢松様がお気の毒ではありませんか。一生懸命に……」

「それがどうした？　八丁堀が一生懸命探索するのは当たり前のことだろう」

「かもしれませんが」

「俺たちの務めは、結果がすべてなんだ。かどわかした者を捕まえました。でも、子供は殺されていました。では、駄目なんだ。生きて取り戻し、かどわかした奴も捕まえる。それで初めて世間に顔向け出来るんだ。何だ、まだ何も分かっちゃいねえじゃねえか」

いいか、と言って、正次郎を睨んだ。

「物分かりよくなるな。そんなのは爺さんの仕事だ」

「あの、先達は爺さんでは？」

「爺さんの訳があるか。ちいと皺が深いだけだ。覚えておけ。皺はな、知恵の通り道だ」

真面目に聞いていた染葉が、茶を噴き出しそうになり、慌てて飲み込み、確か、と伝次郎に話し掛けた。

「房吉が、今夜には清水湊に着くと言っていたが、どの辺りにいるのかな」

「何か摑んでくれればよいが、何も摑めなかった時は、新治郎の手駒を奪っちまったことになるな」

「海野小岳先生だが、昨日こっそりと様子を見たところ、いつもと同じように子供らに教えていたぞ」

「やはり、落ち着き払っていたか」

「そいつは、どういうこって？」鍋寅が訊いた。

「《名張屋》は言わねえでも、誰かは八丁堀に訊かれたと言うだろう。それで落ち着いているとしたら、佐太郎ではないからか、ばれるはずがないと思い込んでいるのか。あるいは、なるようになれ、と腹を括っているか、のどれかだろうぜ」

「房吉が戻るまで、見張りを付けやしょうか」

「いらねえだろう。俺の勘だが、奴は動かねえよ」

戸が開いた。多助だった。多助は入らずに、後ろに下がると頭を下げている。

誰だ？　河野にしては大仰に過ぎる所作だった。

内与力の小牧壮一郎が姿を見せ、次いで河野が入り、後ろ手に多助が戸を閉めた。内与力は、町奉行職に就いた旗本が、家臣の中から選んだ私設の秘書で、用人のような役目を果たしていた。

　小牧は、伝次郎を煙たがり、その再出仕に難色を示した百井亀右衛門を押し切り、復帰させた町奉行・坂部肥後守の懐刀であった。

　剣の腕もよく、門弟三百人を数える久慈派一刀流道場の師範代を務めていた。

「これはお珍しい。いかがなされました？」伝次郎が座敷に上がるよう勧めた。

「それが、な……」小牧は言い淀むと、奥に目を遣った。

奥には幅広の台があり、真夏が床几に座って、隼と半六と正次郎に剣の話をしていた。「一ノ瀬殿、済まぬが、お話が」

　小牧は真夏との一本勝負に負けていた。

「私、でございますか」真夏は正次郎らに、また後で、と言い置いて座敷に上がった。「何でございましょう？」

「申し上げ辛いのだが……」

「私が永尋掛りにいることで、何か差し障りでも？」

「そうではない。実は、な」

　過日、御奉行が、旗本の関谷上総守様に一ノ瀬殿のことをご自慢になった。関谷様は、それなら是非とも剣捌きを見たいと言われ、木刀での立ち合いを申し込まれてきたのだ。

「関谷様と仰しゃいますと、あの？」河野が訊いた。

「そうです。小姓組番頭の関谷様です」

　小姓組は、営中の警護と将軍家他行時の扈従などを役目とするもので、小姓組番頭は、その束ねの地位にあった。役高は四千石。下に小姓番頭ひとりと、小姓組番五十人が属し、組数は六組から多い時では十組あった。

「御奉行は強くお断りになったのだが、関谷様が粘られてな。日取りは、急なことだが、明日なのだ。実に済まぬが、立ち合うてもらえようか」

「いかがいたしましょう？」真夏が伝次郎に訊いた。

「嫌なことをすることはねえ。断っちまえ」

「そのようなことをしたら、再出仕を認め、詰所まで作ってくださった御奉行に申し訳が」

「そんなことで臍を曲げるようには見えねえ。心配するな」

「関谷様は、物分かりのよいお方なのでしょうか」真夏が小牧に訊いた。

「物分かりのいい奴が、無理を言うか」伝次郎が答えた。

「歴代の小姓組番頭の中でも切れ者として名高いお方です」

「立ち合うとしたら、どなたとでしょう？」

「久住流の菰田承九郎という方だが」

「久住流なら聞き覚えがございます。《野分》という秘太刀があるとか」

《野分》は八相の構えから繰り出され、竜巻の如き鋭さで立木をも一瞬のうちに薙ぎ倒す程の豪剣として知られていた。

「流石によくご存じですな。まさに、その《野分》で敵なしと言われている者です」

「そのような方と立ち合って、勝ってしまってもよろしいのですか」

「それは構いません。いや、何と言うか、こちらとしては勝ってもらいたいのですが」

「面白そうなので、行ってもよろしいでしょうか」真夏が伝次郎に尋ねた。

「面白……」小牧が、伝次郎を見た。

「構わねえが、負けた腹いせに何かされてもいけねえ。俺も行くが、いいか」

「勿論です。それから、立会人は私がさせていただくことになっております。これは御奉行が関谷様に申し入れられたことです」

立ち合いは今日の明日である。伝次郎は真夏に、詰所に残り、裏で太刀筋の総浚い(そうざらい)をするよう言い付け、自身を含めて他の者は三組に分かれ、町へ見回りに出ることにした。河野は控帳を調べ終えていたが、火事と子供のかどわかしの繋がりを見付け出せないでいた。

十一月八日。昼八ツ(午後二時)。

真夏と伝次郎は、坂部肥後守の下城の刻限を待って、小牧とともに奉行所を後にし、旗本・関谷家へと向かった。

関谷家の屋敷は、神田橋御門(ごもん)と昌平橋(しょうへいばし)の中程にあった。一行は鎌倉河岸(かまくらがし)から神田橋御門前に出、北に折れた。そこから四町(約四百三十六メートル)下れば、四軒町(しけんちょう)の町屋を背にした関谷家であった。

用人の挨拶を受けた後、真夏と伝次郎は一室に通された。

武家の習いではあったが、火の気のない座敷である。

指先がかじかんでは、木刀の握りにも障るだろう。だからと言って、息を吹き掛ける訳にもいかぬ。相手は色女ではない。

「大丈夫か。手が冷たくはないか」案ずる伝次郎に、真夏が笑って答えた。

「お腹に手を当ててみてください」

見ると、いつもより少し膨らんでいる。膝を送り、手を当ててみると温かい。

「温石です。近さんに用意してもらいました」

小石を焼き、布に包んだものだった。これなら指先が凍えることもない。

「よう気が回ったな。俺は、ここに来て、しまったと思ったのに」

「常に備えあれ。父の教えです」

「八十郎殿には勝てぬ訳だ」

笑い合っていると、廊下を近付いて来る足音が聞こえた。真夏と伝次郎は口を閉ざした。

用人が、仕度をするように、と言い、廊下で待っている。

羽織を脱ぎ、襷を掛ける。股立を取り、袋から木刀を取り出す。それで、真夏の用意は整った。

「お待たせしました」

襖が開いた。

用人に従い、真夏と伝次郎は庭に回った。小牧壮一郎がいた。

「お願いいたします」

真夏は小牧に一礼すると、庭の只中に九歩の間を取り、向かい合うように置かれた床几の一方に座った。伝次郎には、それよりも遥か後方にある、植え込み際の床几が与えられた。

伝次郎が腰を屈め掛けた時、身の丈五尺五寸（約百六十七センチ）程の男が庭に現れ、真夏の向かいの床几に腰を下ろした。胸板も厚く、膂力もありそうであった。菰田承九郎なのだろう。真夏は女としては丈があったが、菰田より三寸（約九センチ）程低かった。

丈の差は、腕の長さの差でもある。伝次郎は拳を握り締めた。

廊下に人影が見えた。ひとりは坂部肥後守である。とすると、他方は関谷上総守なのだろう。頰骨の張った、ごつごつとした顔立ちをしていた。ふたりは、庭を見下ろす正面に座った。

伝次郎は座敷脇の小部屋を見た。伝次郎からは遠いところにある、小部屋の障子窓が細く開いていた。誰かがこっそりと見るためらしい。何ゆえ堂々と見ないのか、と考え、姫君でもおられるに相違ない、と勝手に決め込んでいると、小牧が中央に進み出て来た。

小牧は、関谷上総守と坂部肥後守のいる正面に向かって頭を垂れると、真夏と菰田に向き直り、立つように言った。ふたりは小牧に倣って、正面を向いて礼をした後、再び向き直った。

「久住流、菰田承九郎」

「古賀流、一ノ瀬真夏」

それぞれの名乗りを受け、小牧が大声を発した。

「一本勝負。始め」

摺り足で一足一刀の間合まで進み出ようとした真夏を、奇声とともに菰田の初太刀が襲った。鋭い刃風が巻き、唸った。真夏が地を摺るようにして後ろに跳び、躱した。

菰田が二の太刀、三の太刀を繰り出し、真夏を追った。恐ろしいまでの太刀ゆきの速さであった。だが、木刀を打ち合わすことなく、真夏は躱し続けている。

伝次郎は、菰田の木刀が風を斬り裂く音に、微かな不安を抱いた。あの凄まじい勢いの木刀と打ち合ったら、真夏の木刀は弾き飛ばされてしまうのではないか。それを思い、真夏は敢えて打ち合いを避けているのではないか。だが、それで果して勝てるのか。

菰田の表情を読んだ。恐らく、伝次郎と同じことを考えているのだろう。余裕のような冷笑が、菰田の頰に仄見えた。

菰田が八相に構え、足指をにじるようにして間合を詰めている。《野分》を繰り出そうとしていることは、容易に見て取れた。

真夏が足を止め、木刀を斜め下に引いている。脇構えの型を取ろうとしているのだ。

まさか、《野分》を待ち受けていたんじゃねえだろうな。

怖いとか、死ぬんじゃねえのか、と考えたことはねえのかよ。

伝次郎は、真夏の腕に目を遣った。若さに満ち、しなやかに輝いている。

間合が更に詰まった。

菰田の切っ先が僅かに上がった。左足が前に出、土を嚙んだ。真夏の額目掛けて、木刀が振り下ろされた。真夏の木刀が斜め上に疾った。

鈍い音がして、双方が跳び退さった。

真夏の木刀が、中程で折れ、垂れ下がった。真夏は切っ先を握ると、折れた先をもぎ取り、捨てた。

「おうっ」関谷上総守と坂部肥後守が、同時に声を上げた。

菰田が振り被った。

「待て」小牧がふたりの間に割って入った。

「何ゆえ、留め立てなされる」菰田が叫んだ。

「お調べ願いたい。菰田殿の木刀も折れていると見ましたが」

菰田は小さく笑うと、木刀を地面に軽く打ち付けた。みしっと音を立て、中程から折れて飛んだ。

「ここまで。引き分けといたす」

小牧が双方に元の位置に戻るよう促した。

「これでは腹の虫が収まらぬ。木刀を代えるか、真剣での立ち合いを願おう」

「いかがなさいますか」小牧が真夏に訊いた。

「私は、どちらでも」

「双方とも暫時(ざんじ)待たれよ」

小牧はふたりに言うと、関谷上総守と坂部肥後守の前に進み出た。

「お聞き及びの通りでございますが、私は引き分けで終えとうございます」

「何ゆえだ」関谷上総守が問うた。

「ご覧の通り、双方、技量が伯仲していることは明白でございます。再度立ち合えば、いずれかが必ず手傷を、それも重い手傷を負いましょう。これだけの逸材らに手傷は負わせとうございません」

「分かった。身共も、それは望まぬ」坂部肥後守は小牧に言うと、関谷上総守に訊いた。「双方とも見事でした。立会人の申す通りでよろしかろうかと存じますが」

「……身共にも、異存はない」関谷が折れてみせた。

「では、そのように」小牧は真夏と菰田に向き直り、聞いての通りだ、と言った。

菰田が真夏を見、小牧を睨み付けるようにして、下がって行った。

関谷上総守と坂部肥後守が席を立った。小牧と真夏が頭を垂れて見送っている。伝次郎も床几から腰を上げ、ふたりに倣った。

暫時の休息の後、伝次郎らは坂部肥後守とともに帰路についた。

駕籠の中から坂部肥後守が真夏と伝次郎を呼んだ。

「見事であった」と言ってから坂部は、真夏に訊いた。「菰田の木刀が折れていることに、其の方も気付いておったのか」

「はい」

「では、あのまま続けていたら、どうなったのだ？」

「それは、言わぬが花の吉野山、でございましょう」

「何と……」坂部が、駕籠が揺れる程に笑った。

伝次郎と駕籠脇にいた小牧が呆気に取られて顔を見合わせた。

「違うのですか。このように使うのだ、と正次郎さんが」

「誰かな、その者は？」坂部が真夏に尋ねた。

「孫で、ございます」伝次郎が答えた。「本勤並として、出仕させていただいております」

「二ツ森家の血筋だな」坂部は、再び声高らかに笑うと、其の方にも、と言った。「本日の立ち合いについて訊こうと思うたのだが、止めた。訊かぬが花よな」

「はっ、どうも」

「殿」と小牧が坂部に言った。「私が見たところ、一ノ瀬殿は《野分》を一太刀で見切っておりました」

「それは実か」

真夏は、何も言わずに坂部と小牧に頭を下げたが、見切った、と言い切る自信はなかった。

菰田は予測したよりも太刀ゆきが速かった。だが真夏は、《野分》を受けられると思い、脇構えに入った。ほぼ同時に斬り結んだはずだった。遅れはなかったはずだった。しかし、僅かに真夏の木刀の出が遅れていた。押し込まれぬよう、無理に力んで木刀を押し返そうとした。それが折れた因（もと）となったのは明らかだった。

太刀ゆきの速度を上げねばならぬ。それには稽古をし、膂力を鍛えるしかなかった。江戸に来てからの日々を思い返した。稽古が疎かになっていたことは否めなかった。真夏は、江戸暮らしの難しさを初めて知った。

そして二日が経ち、三日目の朝が来た。

## 二

十一月十一日。明け六ツ（午前六時）。

八丁堀の組屋敷の木戸門を遠慮勝ちに押して、旅仕度の男が入って行った。

急ぎ旅であったことは、足の汚れで分かった。恐らく昨日から寝ていないのだろう。

男が、一軒の組屋敷の前で足を止めた。二ツ森伝次郎、新治郎親子の住む組屋敷だった。

男はふっ、と息を吐くと、木戸を押した。建て付けの具合なのか、軋んだような音を立てた。

房吉は菅笠（すげがさ）を取り、振り分け荷物を肩から下ろすと、そっと玄関の板戸の前に歩み寄り、声を掛けた。

「房吉でございます。こんな刻限に申し訳ございません」

直ぐさま家の中で人の気配が立ち、板戸が開いた。新治郎だった。

「旦那、只今清水湊より戻って参りました。こんな刻限ですので、暫く外でお待ちしようかとも思ったのですが」

「何を言っている。よくも、このように早く……」

新治郎はこみ上げてくる思いを呑み込み、背後にいる正次郎に、

「父上を」と言い、伊都に濯（すす）ぎを命じた。

濯ぎの桶（おけ）が来た。

伊都が、房吉に式台に座るように言い、足許に屈み込んだ。

「そんな、御新造様、よしておくんなさい。勿体（もったい）ねえ」

房吉は懇願するようにして桶を引き寄せると、自ら足を濯いだ。

奥の廊下が騒々しい。伝次郎が母屋へ渡って来たのだ。

房吉は尻っ端折っていた裾を下ろし、埃を払った。

「上がってくれ」

八畳の客間に通された。正面に伝次郎が、隅に正次郎が座った。

「で、どうだった？」伝次郎が、房吉が座るのを待ち切れずに訊いた。

「へい。ご推察通り、医師・海野小岳は、元・煙草屋の佐太郎と思われます」

「そうか」伝次郎は膝を叩くと、身を乗り出した。「詳しく話してくれ」

房吉は疲れのためか、手を震わせていたが、出された茶を一息に飲み干し、往来手形を出した叢禅寺の住職・英宗を訪ねたところから話し始めた。

「二十年前になります。流れ者の男がひとり、怪我をして倒れているところを清水湊の医師・海野良岳が助け、怪我が治るまでということで懇意にしている叢禅寺に預けました。佐吉と名乗った男の怪我は、程無くして治ったのですが、土地が気に入ったのか、寺男として使ってくれないか、と申し出てきたそうで、英宗は迷いはしたそうなんですが、置いてみた。ところが、流れ者であったとは到底思えないような真面目な働き振りで、ならば寺男にしておくのは惜しい、良岳先生の手伝いをなさい、と良岳に預け直した……」

「医者への道が開けたって訳か」伝次郎が言った。

「へい。佐吉は覚えがよく、直ぐに教えた薬草をひとりで摘んで来るようになったとか。そこで、英宗が人別を起こしてやろうと思い付いた。そして十四年。良岳が倒れ、死ぬ。佐吉は英宗の勧めで医師の看板を継いだ。小岳と呼ばれ、皆に慕われていたそうなのですが、そんな時に名主の息子が竹の切株を踏み抜いてしまった。懸命に治療した。が、高熱を発したまま、手当の甲斐なく死なせちまった。名主が、良岳先生ならばこんなことには、と言い出し、皆もそれに追随し、元を正せば所詮は流れ者、信用したのが間違いだったのだ、と小岳を八分にしたそうなのです。それでも我慢していたらしいのですが、ここを去った方がよいだろう、と英宗に説かれ、江戸に向かった、という話でございました」

「その佐吉が、佐太郎にどう繋がるんだ？」

「大旦那、話はこの先でございます。良岳がまだ健在の頃、佐吉を連れて薬草摘みに行った帰り、道を歩いていると、佐太郎、と呼ぶ声がした。母親が子供を呼んだものでした。佐吉は驚いて声のした方を見、それに気付いた良岳の目を避けるようにして歩き出した、ということです。後に良岳が英宗に、『佐吉の本当の名は、佐太郎というのかもしれぬな』と言っていたそうです」

「それだけでは弱いな。思い違いだって逃げられれば、それまでだ。何の証もないのだからな」新治郎が腕組みをした。

「当たって砕けてみるか……」伝次郎が、天井を見上げた。

「ここまできて何ですが」と正次郎が、おずおずと伝次郎に言った。「見逃す訳にはいかないのでしょうか。もう年ですし、あのように手習いの師匠として穏やかに日を送っております。もう悪さをすることはない、と思うのですが」

「いいか正次郎、それを決めるのは俺たちじゃねえ」閻魔様だ、と言って伝次郎は続けた。「ここで引き合わされたのは、俺たちには窺い知れねえ訳があるからなんだよ」

房吉、と向きを戻すと、

「ご苦労であった。礼を言う」膝に手を置き、頭を下げた。

「大旦那、それは無しにしておくんなさい」

「いいや」伝次郎は、顔を起こすと、新治郎と房吉と伊都、それぞれに言った。お前はいい男を見付けたな。房吉は、寝てくれ。その前に伊都、何か美味いものを作ってやってくれ。頼むぞ。

そして、部屋の隅にいた正次郎に言った。

「そこのぼんやりしてる奴。甘っちょろい奴」

正次郎が、己を指さした。

「私、でございますか」

「そうだ。お前だ」伝次郎は、尚も手を震わせながら、二杯目の茶を飲んでいる房吉を見ながら言った。「これが男というものだ。よく見ておけ」

同日。昼。

金杉橋の手前、浜松町四丁目の通りを折れ、裏通りに入った。手習所の前に着いた。

子供らは、家に帰って昼餉を食べている刻限だった。戻って来るまでには、少し間がある。伝次郎は、鍋寅と隼と半六、そして真夏を連れて、手習所に入った。

文机を並べ直していた海野小岳が直ぐに気付き、また、と訊いた。

「こちらに？」

「お前さんに、会いに来たんだよ」

「左様ですか」

「訳は訊かないのかい？」伝次郎が訊いた。

「一応念のために伺いましょうか」

「俺は前にあんたに会っているんだが、覚えているかい？」鍋寅が言った。

「そうでしたか」

「あんたは、煙草の担ぎ商いをしていた」

「親分さん、お年は？」

「七十二だが……」

「私は六十になりました。お互い年を取りましたな」

「じゃ、てめえは」

「皆さんが見えた時から、こうなることは分かっていました」

「だったら、どうして逃げなかった？」伝次郎が訊いた。

「江戸に足が向いた時から、この日が来てくれることを待っていたのかもしれません」

「………」

小岳の周りに、子供がひとり、ふたりと集まり始めていた。早めに昼餉を終え、午後の算術の稽古に戻って来ているのだ。見ている間に、手習所に子供が溢れてきた。子供らの前でお縄にするのは躊躇われた。どうするか。隼が鍋寅を見た。

「少しだけ待っていただけますか。明日から教えられないので、子供らに話しておきたいのですが」

「構わねえ。気が済むようにしな」伝次郎が答えた。

「ありがとう存じます」

小岳は子供らを手招きすると、顔触れを見回し、それぞれの席に着くように、と言った。

「皆に話がある。よく聞いてくれ」

私は昔、悪いことをしてしまった、と小岳は、言葉を選び、ゆっくりと話し始めた。

「見付かったら叱られると思い、逃げた。分かるかな。京の都、大坂。随分と遠いところまで逃げた……」

「疲れたでしょ？」下膨れの女の子が、にこにこと笑いながら訊いた。

「ああ、疲れた。気持ちもすさんだ。すさむっていうのは、荒れるってことだな。かかとが夏の頃はすべすべしているが、冬になるとかさかさになり、ひび割れるだろう。心があなってしまったのだ。毎日喧嘩ばかりしていた……」

「喧嘩はいけません」別の女の子が言った。

「そうだ。いけないな。それが分からなかった。大怪我をして、駿河の国の清水という湊に着いた。そこですばらしい医者の先生に出会った。私はその人について薬草を摘んでいるうちに、医者になりたい、と思った……」

こんな私でも医者になれますか、と先生に訊いた。小岳の目尻から一筋の涙が頬を伝って落ちた。

「なりたいと思えば、早い、遅いはない、何にでもなれる、と先生は答えてくださった。学んだ。一生懸命学んだ。皆がいろはから始めたように、私も一から医術を学んだ。その時私は四十歳になっていた。だけど、歯を食いしばって学び、医者になった。病を治し、怪我を治し、いい気持ちになっていた時、私のもとに怪我をした子供が運ばれてきた。府中に行けば、立派な医者がいるのだが、これくらいの怪我なら私に治せると思い、治療し、そして死なせてしまった……」

手習所の中が静まり返った。身動きするのも忘れて、子供らは聞き入っている。

「私は僅かに学んだだけなのに慢心していたのだ。思い上がっていたのだな。医者を辞め、江戸に来た。そして、ここのお師匠さんになった。これまでのことを償おうと一生懸命皆に教えた。だけど、それも今日までだ。私は昔犯した罪を償ってくる。もう皆とは、二度と会えないかもしれない。皆、今の私の話を忘れず、正しい心を持って、真っ直ぐに生きてください。それでも過ちを犯すことがあるかもしれない。その時は、隠さず、逃げず、己の過ちと向き合ってください。分かりましたね」

子供らが、こくりと頷いた。

「お待たせいたしました」

庭の踏み石に下り、海野小岳こと佐太郎が両の手を前に差し出した。

「それは、無しだ。行こうか」伝次郎が言った。

「ありがとうございます」

「お師匠様」子供のひとりが叫んだ。ひとりが叫ぶと、堰(せき)を切ったように、それぞれが泣きながら叫んだ。

「早く、参りましょう」佐太郎が先に立って歩き出した。

佐太郎を自身番に連れていくよう半六と隼と真夏に言い付け、伝次郎と鍋寅は

《名張屋》へ向かった。明日から手習所は開かれないのだ。事の次第を告げておかねばならない。

《名張屋》の奥座敷は、重く沈んでいた。海野小岳が佐太郎であると認めたため、捕縛した旨を話し終えた時から、主・文六は瞑目したまま凝っと動かずにいるのだ。

鳥の影が障子をよぎった。

文六が目を開け、何も存じませんでした、と言った。

「とは言え、押し込みを働いて逃げていた者に、金子と住まいを与え、安穏とした暮らしをさせていたことに相成ります。申し訳ございませんでした」

「何もお前さんが謝ることはねえ」伝次郎が言った。「お前さんには何のお咎めもないはずだ。もし連座だ何だ、と騒ぐのが出てきたら、俺のところへ来い。間違っても悪いようにはしねえ。もし俺がいない時は、ここにいる神田鍋町の寅吉に言いな。必ず、俺に伝わる」

「神田鍋町……」文六が訝しげに眉根を寄せた。

「どうしたい？」

「前にも、同じ鍋町の親分さんが来たことを思い出しましたもので……」

「この間のことではなくてか」

「はい。十年とまではいきませんが、かなり以前に。確か、吉……」

「吉三ですかい？」鍋寅が訊いた。

「そのような名でした」

「吉三が何しに来たんで？」

鍋寅が、倅なのだ、と話した。

「七年前に、三十八で亡くなりやした」

「そうでしたか……。この辺りは二十一年前の大火で焼けまして、手前の倅も、その時の火事で焼け死んだのです。あの親分は、本当に火事で死んだのか、焼けた亡骸は見たのか、としつこくお尋ねになったので、こう申しては何ですが、古傷を抉られるような思いがしたものでございます」

「二十一年前と言いやすと？」

「天明の四年、飯倉神明宮の門前町から火が出まして、金杉橋の向こうまで焼けた火事でございます」

火事について尚も言葉を継ごうとする鍋寅を制して、

「亡骸を見たのか、と訊いたんだな？」

「はい。それも、何度も何度も」

「で、お前さんは見たのかい？」

「いいえ。それはもうひどい火事で、辺り一面燃え尽きまして、倅もそれきり……」

「そうか。つらいことを訊いちまったな」

《名張屋》を出てからも、伝次郎の心に、何ゆえ吉三が亡骸に拘ったのかという思いが残った。


同日。七ツ半（午後五時）。

伝次郎らは、房吉の労いと多助が加わったことを祝い、小網町の船宿《磯辺屋》へと繰り出した。

《磯辺屋》は料理茶屋と見紛う程の離れを持ち、仕出しも吟味してあった。主の金右衛門と仲居の登紀は、何度となく捕物に力添えをしてくれており、それが縁で伝次郎らの贔屓の店となっていた。

伝次郎らが着くと、玄関口が華やいだ。染葉に河野に真夏、鍋寅に隼に半六、そして正次郎と近、更に、多助と房吉が加わり、総勢十一名である。静かだった船宿が俄に活気づいた。

「あっしは飲みますよ。覚悟しといておくんなさいよ、旦那」鍋寅は飲む前から出来上がっている。

「分かった、分かった」

振り払うようにして離れに向かうと、途中の廊下で大店の主と思われる身形のよい者と擦れ違った。男は泣き腫らした目を隠すように、顔を背けて通り過ぎた。老いた背中が痛々しかった。

「どうしたんだ？」登紀に訊いた。

「はい……」言い淀んでいる。仲居としては、話せないこともあるのだろう。

深くは訊かずに、座敷に入った。

金右衛門が挨拶に現れた。顔が綻んでいる。

「時に」と染葉が、廊下で擦れ違った男について訊いた。「野暮は承知で訊くが、万一にも誰ぞに脅かされているとかではあるまいな？」

「そのご心配は無用でございます。それ以上は、手前どもは客商売でございます。座敷で見聞きしたことは、ご定法に反すること以外は話さないことを決まりとしておりますので」

「しつこく訊いて済まなかったな」

「分かっていただければ、それで」

「あっ」と、多助が叫んだ。「あれは《福田屋》だ。とすると、倅のことで?」

「そこまでご存じなら、隠し立ては出来ません」

金右衛門は、ちらと登紀を見てから、話したくて仕方ないのを、いかにも困ったかのように装いながら話し始めた。

「旦那方ですので、お話しいたします。ですが、ここで聞いたなどと決して仰しゃらないでくださいましよ。実は、泣きに来るのでございます。《福田屋》さんは、ご存じのように一代で大店になった。ひとり息子の栄太郎さんはそんな中で育ちましたので、遊びが大好きでして、それで瘡に罹っちまったんでございます」

瘡とは瘡毒、つまり梅毒のことである。

「薬を飲んでも治らず、ひどくなるばかりで、とても後を継がせることは出来ない。養子を迎えるか、番頭に継がせるか、それとも店を畳むか、一代で築き、さあこれからという時の息子の病です。家では泣けず、こうして、ここに来て、泣くだけ泣いて帰るのです」

「薬で治らないんですかい？」半六が訊いた。

「治る人もいるそうなのですが、薬が効かない人もいるとのことです」

「笠森(かさもり)稲荷に行く人もいますね」隼が言った。

「瘡守だからってな」伝次郎が言った。

「《福田屋》の倅はひどく重くて、今では奥の座敷から出られない、と聞いたことがございます」多助が言った。

「胆(きも)が効くという話ですが」登紀だった。

「首斬り浅右衛門(あさえもん)様の山田丸(やまだがん)がよく売れているそうですね」房吉が言った。

「そう言う話だな。しかし、そんじょそこらの胆では駄目らしいとも言われている。山田丸にしても、薬種問屋などで売っているのにしても、刑死した者の胆などが使われているであろう？　あれでは駄目で、何でも子供のが効くらしい」染葉が事も無げに言った。

「子供、でございますか。実(まこと)ですか」近が顔を顰(しか)めている。

「疲れていない、活きのいい胆が効くそうだ」染葉が言った。

「それはあるかもしれませんね。熊の胆の場合ですが、主に楢(なら)の実を食べていた熊の胆は効くそうなのですが、芋などを食べていた熊のは、苦みも弱く、効かぬと聞いたことがあります」河野が、妙な知識を披露した。

「あの、これから美味しくいただこうという時にですね」正次郎が隼を気遣い、話題を変えないか、と申し出た。「先達、いかがですか……」

伝次郎が畳の一点を見詰めたまま、身を固くしている。

「先達、どうしたんです？」

「旦那ぁ」鍋寅が膝で擦り寄った。

「俺たちは、とんでもねえ事件の真っ只中にいるようだぜ」伝次郎はもそり、と呟くと、皆の顔を見回した。

「聞こうではないか」染葉が言った。

「その前に」と言って伝次郎が、金右衛門と登紀に片手拝みをして見せた。「いつも世話になり、今夜も手掛かりになる話を聞かせてもらったのに、済まねえ。座を外してくれねえか。あまりにひどい話なので、聞かせたくねえんだ」

「左様で、ございますか」金右衛門が目で登紀に、出ますよ、と合図をした。登紀が、心得顔で頷いた。

ふたりの姿が障子の向こうに消え、廊下の足音が遠退くのを待って、伝次郎が河野に言った。

「お前の言ったことが、どうやら図星だったかもしれねえぞ」

「そうでしょうか」河野の鼻先が微かに染まった。

「何を言ったんだ？」染葉が河野に訊いた。

「四十九年前と二十八年前の二度、僅かな日数の間に数人の子供が行き方しれずとなった。その二度以外にも、かどわかしは起こっていたのではないか、と河野は考えたのだ」と伝次郎は皆に言った。「河野はてめえの日記から、火事や洪水などを拾い出した。毎年のように大火が起こっていた。ここで河野は、恐ろしいことに思い至った。火事などのどさくさに紛れて子供をかどわかしたのではないか、とな」

四十九年前と二十八年前の状況を伝次郎は話した。

「この二回は、数年の間大火が起こらなかったがために、止むを得ず火事と関わりなくかどわかしに出たのだ」

「それならば訊くが、何ゆえ今年なのだ。去年火事があっただろうが」染葉が問うた。

「俺も同じようなことを訊いた。河野、言ってやれ」

「ひとつは、かどわかし損ねたのではないか。もうひとつは、かどわかす必要に迫られていなかったのではないか、です」

「必要とは、どういう意味だ？」

「注文に応じて、かどわかすのです」

「何？」

「つまり、かどわかしを商いにしている者がいるんじゃねえかってことだ。何のために？　胆だ」子供から胆を抜くためにかどわかしているのかもしれねえんだ、と言って伝次郎が言葉を切った。

「そんなひどいことが、ありますか」近が言った。

「間違いに決まっていますよ。そうでしょ？」隼が、伝次郎と河野に詰め寄った。

「そうと決まった訳じゃねえ。かもしれねえ、と言っているんだ。だが、実際に子供を殺して胆を抜いたなんてことは、俺の若い頃にはざらにあった話だ。今や薬種問屋に行けば人胆（にんたん）を使った薬が買えるようになったから、まさかと思ってしまったが、またぞろ起きているのかもしれねえ。もしそうなら、何としても捕えて、止（や）めさせなければならねえ」隼、と伝次郎が名を呼んだ。

「お前の父っつあんはな、これに気付いて調べていたんだ」

「本当で？」

吉三が、《名張屋》を何度も訪ね、子供の亡骸を見たか否か、訊いたことを教えた。

「恐らく、目処が付くまでは、とひとりでこつこつと調べていたんだろう。それで吉三は、雨にでも打たれ、病を得ちまったんだろうぜ」

「あの頃は」と鍋寅が洟を啜りながら言った。「あっしは、旦那に掛かり切りだったから、縄張りはじめ何もかも、すべて奴に任せていたんでさあ。奴にしてみれば、一発大手柄を立てなければ、と焦っていたのかもしれやせん」

「よし、吉三の弔い合戦だ。明日から調べるぞ。誰にも言うな。大騒ぎになるからな」

皆それぞれ、やってもらいたいことがある。伝次郎がひとりひとりに、明後日の夕方までにやることを告げた。

河野は日記を調べてくれ。大火事の中で子供がかどわかされたとか書いてないか、調べるんだ。それから、この間の表を大きく書いてくれ。詰所の壁に貼るには、もちっとでかい方が読み易いからな。それに、何か書き込む時のために、余白をたっぷりと取ってな。

多助、読み書きはいける口か。

「とんでもねえ。書くのはまっぴら、もっぱら読んでもらう口でさあ」

手伝いはいるか。河野に訊いた。

「いいえ。ひとりでやれます」

ならば、取り敢えず多助はこっちで借りるぜ。

俺と鍋寅は、四十九年前の事件を洗い直す。染葉は角次と、二十八年前の事件を洗ってくれ。

「角次は、今は別のことに当たっていて動けぬ」染葉が答えた。

ならば、多助を使ってくれ。

隼と半六は、《名張屋》に行き、俺と鍋寅が聞いた以外の話があるか、訊いてみてくれ。

「かどわかされたのではないか、と訊いてもよろしいんで?」隼が言った。

いたずらに心を騒がせては気の毒だ。火事で亡くなった者の人数を確かめるためだ、と言っておいてくれ。

「あっしは？」房吉が、左右を見てから言った。

済まねえ。ここで聞いたことは、まだ新治郎には言わねえでくれ。一日二日のことだが、

「へい」

新治郎は、竈屋から出て行った男を探しているはずだ。

そいつを手伝ってくれ。

「私は、どうしたら？」

真夏は、近とともに詰所に詰めていてくれ。何かあったら知らせる。

「承知いたしました」

よし。今夜は明日からのために、食べて飲もう。手を叩いた。登紀が来た。

「お済みでございますか」

「これからだ」と伝次郎が登紀に言った。「おめえさんに、俺たち戻り舟の底力を見せてやるぜ」

三

十一月十二日。朝五ツ（午前八時）。

出仕した伝次郎と染葉は、永尋控帳を取り出し、二十八年前の事件と四十九年前の事件が書かれて箇所に枝折を挟み、書き写した。枝折を挟んだのは、再度調べる時の至便のためであった。

二十八年前の事件は、平右衛門町と神田佐久間町とお玉が池の近くの小泉町の三件であり、四十九年前の事件は柳原岩井町と豊島町と三河町の三件だった。伝次郎と染葉は、子供をかどわかされた家の屋号と刻限を記している最中に、奇妙なことに気が付いた。すべてが橋の近くで起こっていたのである。他にもあった。裕福な家の子供であることと、刻限が夕刻、つまり逢魔刻である点だ。ふたりは、分かり易いように表にした。

二十八年前
平右衛門町　瀬戸物屋《小畑屋》嘉助倅・松吉六歳　柳橋近く　夕刻
神田佐久間町　諸国銘茶所《柏屋》長太郎娘・園五歳　和泉橋近く　夕刻
小泉町　御菓子所《壺屋》喜八倅・春吉六歳　和泉橋近く　夕刻

四十九年前

柳原岩井町　料理茶屋《山岸屋》伝六娘・初七歳　和泉橋近く　夕刻
豊島町　足袋股引所《森田屋》福蔵娘・梶六歳　新シ橋近く　夕刻
三河町　煙草問屋《伊勢屋》清吉倅・竹松六歳　昌平橋近く　夕刻

今回
小網町　塗物問屋《山路屋》清兵衛倅・清之助五歳　南に汐留橋、北
に思案橋　夕刻
元浜町　水油問屋《因幡屋》弥平次倅・弥吉六歳　南に千鳥橋、北に
汐見橋　夕刻

共通しているのは、
一、裕福な家の子供　二、橋の近く　三、夕刻
の三点で、四として、神田川沿いで起きる場合が多いことが挙げられた。

裕福な家の子供ならば、普段から滋養のあるものを食べているだろうから、胆の疲れもなく、薬効のある胆が採れるだろう。橋の近くならば万一の時に逃げ易い。また夕刻が選ばれたのは、店仕舞い間際で慌ただしいため、子供の姿が見え

なくても、直ぐには気付かれにくいこと、顔を見られても、夕まぐれで見定めにくいことからだろう。

ふたりは二十八年前と四十九年前の永尋控帳を読み終えると、鍋寅と多助を伴って詰所を飛び出して行った。

「あら」と言って、近が音高く閉められた腰高障子に目を遣り、真夏に笑って見せた。

俄に静かになった。

真夏は、伝次郎と染葉が書き写していた永尋控帳に目を通している。

近の手許で糸を切る小さな音がしている。

駒が着ていた着物を解いているのだ。泥で汚れていたので、洗い張りをして仕立て直すのである。真夏は控帳を文机に置くと、土間に下り、茶を淹れた。

「飲まれますか」近に訊いた。

「ありがとうございます。頂戴します」近が手を止めて答えた。

真夏は、近の膝許に湯飲みを置き、框に腰を下ろした。朝の光が斜めに差し込み、竈から立ち上るささやかな煙に縞を描いている。

「人の運命というものは、不思議ですね」と近が呟くように言った。「私が、ここで、こうしているなんて。それに、この手が、こんなに動くようになったのも、真夏様に巡り合えたお蔭でございます」

夜盗・鬼火の十左(じゅうざ)一味の者に斬られた傷が因(もと)で動かなくなっていた腕を、真夏が丹念に揉みほぐしたのだった。

「私も不思議に思います。父が永尋掛りのお誘いを断り、私を江戸に出してくれなかったとしたら、今頃は下高井戸(しもたかいど)で木刀を振っていたのでしょうしね。本当に、分からないものですね」

近の返事がない。どうかしましたか。真夏は湯飲みを置いて、近を見た。

近が、小さな布切れに見入っている。

「それは？」

「迷子札、のようです」

襟(えり)を解いていたら、出てきたのだ、と言う。

「見せてください」

真夏は、布片に書かれた文字を声に出して読んだ。

橋本町四丁目　木綿問屋《小池屋(こいけや)》徹之助(てつのすけ)娘・郁(いく)五歳

馬喰町二丁目　煙草問屋《中村屋》政七倅・幸助六歳

「真夏様、橋本町と馬喰町は……」

去年の暮れの火事で焼けた町々だった。

「間違いありませんか」

「橋本町四丁目には願人坊主が住んでいる《願人長屋》がございまして、私が物乞いをしていた頃、親切にしていただいたことがあるのです。去年火事になったので、見舞いに行ったのですが、橋本町と馬喰町は皆燃え落ちてしまっていて……。間違いありません」

「すると、この迷子札の子供たちは？」

近の唇がわななないた。

「火事場から……」

かどわかされて胆を、と言いそうになって、思わず口を押さえた真夏が、行く先が幾つかあるので絞れません」近に訊いた。

「どうしましょう？　直ぐにも先達にお知らせしなければなりませんが、
こうなると、近の方が世間智があった。

「ここは、若様を呼ばれた方がよろしいのでは」

「若様って、正次郎さんですか」

「あの方は、何か妙な勘のよさがありますから、伺ってみてはいかがでしょう？」

「お呼びしてきます」

真夏は、詰所を出ると奉行所の玄関へと回った。当番方の同心が、せかせかと歩いて来る真夏に好奇の目を向け、何か、と尋ねた。

「二ツ森正次郎殿を呼んでいただけないでしょうか」

「余程の急用でもなければ、まだ本勤並ゆえ、呼び出す訳には参りませんが」

「急用です」見て分からぬか。真夏の堪忍袋の緒が、ぷちっと音を立てて切れた。

「昼まで待てませぬか」

このような時先達なら……。真夏は深く息を吸い込むと、下手に出るのを止めることにした。

「私は今、おとなしく頼んでいる」真夏は低い声で言った。

「はい……」

「一名野獣郎と呼ばれた一ノ瀬八十郎を、ご存じか」

「御名だけですが、よく聞かされておりました……」

「ならば、話は早い。私は一ノ瀬八十郎の娘です。短気なことでは、父に引けは取りませぬ。上がります」

　腰の刀を鞘ごと抜き、式台に足を掛けた。

「暫時お待ちを」同心は慌てて真夏を制すると、隣の同心に向かって顎を振り、呼んで参れ、と言った。急ぎ立ち上がった同心の足音が、奥の方へと消えた。

「ご造作を掛けます」

「いえ……」

　待つ間もなく正次郎が現れた。

「どうなさいました?」

「近さんが、大変なものを見付けたのです」

「何を、です?」

　当番方のふたりの同心は、身動きもせずに聞き耳を立てている。

「ともかく詰所に来て、見てください」

　正次郎は、当番方の同心に、よろしいでしょうか、と訊いた。

同心は、正次郎と真夏を見て、何も言わず、頷いた。

真夏の後を、正次郎が跳ねるようにして続いた。


正次郎は、迷子札から顔を上げると、知らせましょう、と言った。

「先達たちが見ていた控帳はどこですか」

真夏が文机の上の控帳を正次郎に手渡した。

「枝折を挟んだところが、先達と染葉様が調べに行かれたところです」

「先達は四十九年前の事件でしたね。どりゃどりゃ」

正次郎は、四十九年前と二十八年前に子供をかどわかされたお店の場所を見比べていたが、たちどころににっこりと笑うと、

「分かりました」と真夏と近に言った。「豊島町です」

「どうして、そこだと？」真夏が訊いた。

「ふたりで小泉町まで行き、そこで別れ、染葉様は御菓子所の《壺屋》へ、先達は豊島町の足袋股引所の《森田屋》に行っているはずです」あのふたりは、と正次郎は得意げに言った。「御神酒徳利（おみきどくり）ですから、同じ方角に行くなら一緒に行こう、となるでしょうし、先達の場合は、豊島町を振り出しにすると、後は南に行

けば柳原岩井町と三河町に出られますからね」

「流石、若様です」近が言った。

「いえいえ、先達の考えそうなことはお見通しですから」正次郎は胸を反らせると、仕方ありませんな、と言った。「私が届けましょうか」

「それは駄目です。正次郎さんは戻っていただかねば。私の役目です」真夏の言葉には有無を言わせぬものがあった。

「そうですか……」

真夏は迷子札を懐紙に挟むと、では、と言い置いて詰所を出て行った。

さて、どうしたものか、と尻をもぞもぞさせている正次郎に、

「お茶でもいかがですか」と近が言った。

「いただきます。今は戻っても面白くないのです」

「お菓子もございますが」

「嬉しいですね」

「若様は屈託がなくてよろしいですね」

「褒められたのですよね」

「はい。褒めました」

だ。

「ありがとう」

正次郎は、框から座敷に上がった。ゆっくりと茶菓を楽しむことに決めたのだ。


伝次郎と鍋寅は、正次郎が言った通り、豊島町にある足袋股引所《森田屋》福蔵のお店にいた。

追い付いた真夏が、駒の着物の襟から出てきた迷子札をふたりに見せた。

「橋本町四丁目と馬喰町二丁目と言えば、旦那……」

「去年の暮れの火事で焼けたところだな」

初音(はつね)の馬場と郡代(ぐんだい)屋敷のお蔭で大火にはならなかったが、ふたつの町は丸焼けになっていた。

「その町にいたふたりの子供の迷子札を、どうしてお駒が持っていたんだ？　しかも、隠して」

「やはり、旦那が昨日仰しゃった通りのことが起きているんでやすよ」

「それにお駒が関わっていたことになるな」

「でも、何で迷子札を？」鍋寅が訊いた。

「考えるのは、後だ」伝次郎は、真夏に言った。「いいところで追い付いてくれた。二軒とも近くだ。このふたりの子供が焼け死んだものかどうか、訊いてみようじゃねえか。先ずは橋本町から回るぜ。真夏も来てくれ」

「はい」

橋本町四丁目の《小池屋》と馬喰町二丁目の《中村屋》は、両店とも焼けた同じ場所に建て直し、商いをしていた。伝次郎らは、火事のお調べだとして、両店で話を聞いたのだが、娘の郁と倅の幸助は逃げ遅れて焼け死んだ、とどちらの店でも言った。焼死体を見た者はひとりもいなかったが、幼い子供ゆえ燃え尽きてしまったものと思い込んでいた。

伝次郎らは、次いで柳原岩井町と三河町を訪ねた。両方とも、お調書に書かれている以上のことは分からなかった。帰途、伝次郎は黙りこくっていた。

夕七ツ（午後四時）の鐘が鳴り終わるのと同時に、詰所の戸が勢いよく開いた。伝次郎と鍋寅と真夏であった。後ろに河野の姿もある。組屋敷で、再度日記を調べながら、火事の表を大書していたのである。

「どうだった？」伝次郎の声が詰所に響いた。

染葉が、三軒とも目新しいことは何も聞けなかった、と首を横に振った。多助が脇でかしこまっている。

次いで隼と半六が《名張屋》の報告をした。他に何か思い出したことはないか、と尋ねたのだが、無駄足に終わっていた。

「それよりも」と言って、隼が目を輝かせた。「聞きました。近さんが見付けた迷子札ってのを見せておくんなさい」

「おう、これだ」

伝次郎が懐紙から取り出し、皆の前に置いた。

「やはり、両方とも焼け死んだものと思い込んでいたぜ」

「見せたんで?」隼が訊いた。

「見せられるかよ」鍋寅が答えた。「あんたの倅や娘は、焼け死んだのではなく、かどわかされて胆を抜かれたんでやすよ、なんて言えるか。考えろ」

「そうでした……」隼が思わず項垂(うなだ)れた。

「気にするな。若いうちは、それくらい突っ走っていいんだ。年を取ると、速く走れない分だけ、周りが見えるだけだ。俺も鍋寅も、そうだったよな」

「へい……」鍋寅が項(うなじ)に手を当てた。

「皆に話がある。聞いてくれ」伝次郎が、座敷に上がりながら言った。「俺は歩きながら、一連のかどわかしを考えてみた。そして、胆の仕入れ屋がいるのだ、と確信を持った。かどわかす。胆を抜く。売り捌く。そんな連中が間違いなくいるんだ」

「お駒も加担していたのか」染葉が訊いた。

「多分、そうとは知らず、そんな連中と関わっちまったんだろうな。で、奴どもの悪事を知らせるために迷子札を隠し持っていた、と考えれば、筋は通る」

近が息を呑み、立ち尽くしている。気付いた隼が、手を取って、床几に腰掛けさせた。

「これは俺たち永尋掛りだけの事件じゃねえ。町奉行所として掛からなければならねえ、大事件だ。これから年番方に、事の次第を話しに行ってくる」

「するってえと、ここまで調べたのはこっちなのに、向こうの指図で動かなければならなくなっちまうんですかい」鍋寅が訊いた。

「心配するな。この一件は、吉三が最初に唾を付けたんだ。あくまでも俺たちが、この詰所が中心で動かなければ、弔い合戦にならねえだろう。向こうに好き勝手はさせねえよ。けどよ、あっちこっち見張らなければならなくなってみろ。

如何(いかん)せん頭数が足りねえんだ。そこで、母屋を取り込もうって寸法だ」

「上手くいきやすんで？」鍋寅が訊いた。

「誰に言っているんだ。こういう話は俺に任せろ。さあ、喧嘩だ。染葉、河野、真夏、行くぞ。河野は火事の一覧を忘れずにな」

「心得ております」

「皆もともに行ってはなりませんか」真夏が、鍋寅や隼たちを振り返りながら訊いた。

「当ったり前だろう。ここの詰所の他は、奉行所の中には……」

手先は入れなかった。

隼が唇を噛んでいる。鍋寅が、しょぼついた目を見開いている。

「今更、規則(きまり)も糸瓜(へちま)もねえか」伝次郎が真夏に訊いた。

「と、思います」

「その代わり、お行儀よくしているんだぜ」

隼の顔が笑み割れた。

四

永尋掛りの詰所から出てきた一団が、こちらへ揃ってやって来るのが見えた。中央に二ツ森伝次郎が、左の隅には、あの一ノ瀬八十郎の娘がいる。更にその後ろには、手先の者どもまでいる。

今度は何なんだよ。玄関口を預かる当番方同心は、そっと溜息を吐いて、待ち受けた。

「百井様は？」伝次郎が言った。

おられますか、くらい言えないのか、と言ってやりたかったが、貫禄が違った。口を衝いて出たのは、はい、という返事だった。

「おられますが……」

焦っているのを見抜かれたのか、伝次郎の口調が変わった。

「会いてえんだが」

「……お約束は？」

「そんなものは、ねえ」

「でしたら、お訊きしないとなりません」

「悪いな。上がるぜ」伝次郎が、染葉が、河野が、そして八十郎の娘が式台に足を掛けた。

「お待ちください」当番方の声が裏返った。

「待っている間に、人が、子供が、死ぬんだ」

「はあ……」

「行くぜ」

「へい」鍋寅らが雪駄を脱ごうとしている。

「あの、後ろの者たちも、でしょうか」鍋寅らを見回した。

「大事な生き証人だ。まさか駄目だなんて、言いやしねえよな」

「どうぞ……」

伝次郎と染葉が前に出て、廊下を奥へと向かった。擦れ違った同心らが、好奇の目を向けている。

どこから見ていたのか、正次郎が一同を見渡しながら、いそいそと近付いて来た。

「何が起こったのです?」

「寄るな」と伝次郎が言った。「うるさい。離れろ」

「はい」と答えるだけで、正次郎の目は爛々としている。

「新治郎は？」

「多分、定廻りの詰所でしょう」

「呼んでこい」

「どこへ、ですか」

「年番方の詰所だ」

「殴り込みですか」

「そう見えるか」

「はい」正次郎が嬉しそうに頷いた。

「間違っちゃいねえ」

正次郎が、ほほほっ、と歌うように呟きながら定廻りの詰所へと向かった。

「困った奴だ」と伝次郎が額に手を当てた。「正次郎には上役を敬うという心がない」

「仕方あるまい。祖父が悪い」染葉が、事も無げに言った。

「お前らは、ここで待て」

年番方与力の詰所の前で伝次郎が鍋寅らに言った。鍋寅らは、敷居の外に座った。

「失礼いたします」

百井亀右衛門の返事を待たずに、伝次郎は年番方与力の詰所に入った。染葉と河野と真夏が続いた。

百井は手にしていた筆を硯に置くと、不快さを隠そうともせずに言った。

「突然、何事か」

「竈屋を訪ねていた男は見付かりましたか」

「まだ、だ」

「竈屋夫婦。行き倒れの女・駒。行き方知れずとなった元浜町の子供。更には、四十九年前と二十八年前のかどわかし。すべてがひとつに繋がりました」伝次郎がさらりと言った。

「それは、実か……」百井が身を乗り出すようにして、伝次郎を見た。「話してみよ」

「同じことを何度も話すのは面倒です。少し待ちましょうか」

「誰を、だ？」

廊下に足音が響き、年番方与力の詰所の前で止まった。鍋寅らが膝を送って脇に退く気配がした。

「来たようですな」

新治郎が入ってきた。

「父上」と咎めるように言った。百井と伝次郎らを見回してから、「一体、この騒ぎは何ですか」

「大変なことが分かったのだ。これから、お話しするところだ」

お前も聞け、と言って伝次郎は、百井に向き直った。

「このところ子供のかどわかしが立て続けに起こっていますが、二十八年前と四十九年前にも、それぞれ三人ずつかどわかされています」

「それが繋がったと申したのだ」百井が、新治郎に言った。

「長い間起こっていなかったと思われていましたが、どうやらそれは間違いのようです。数年おきにかどわかされていたのではないか、と思われる節があるのです」

伝次郎は、河野に火事の起こった年が一覧出来る表を広げさせた。

「ご覧いただきたい。かどわかしがあったのは、この年と、この年です」

宝暦六年と安永六年を指さした。

「この間、何も起こっていなかったのではなく、大火の際に逃げ惑う人に紛れてかどわかしが起こっていたのではないか、と河野は考えました。もうひとり、同じことを考えた者がおりました。吉三という御用聞きです」

「鍋寅の息子ではないですか」新治郎が言った。

「そうだ。ひとりで調べを進めているうちに、病に倒れてしまったので、今日まで誰にも気付かれなかったのだ」

「何のために、かどわかすのだ？　売ろうとでも言うのか」百井が言った。

「胆を抜いて薬にするためです」

「…………」百井が、あんぐりと口を開けた。

「子供の胆は瘡の薬になります。悪食している大人のよりも子供の方が、それも裏店の食うや食わずの店子の子供よりも、内証の豊かな家の子供の胆がね」

「生き胆を抜くなどと言うのは随分と聞かなくなったと思うていたが、またか、いや、まだ続いていたのか」百井は袴を握り締めると、「証は、あるのか」と訊いた。

「かどわかし、薬として卸すにはどれだけの頭数が要るか、数えてみました。かどわかす役、胆を抜き、干す役。薬種問屋に卸す役。買う薬種問屋。重なる場合もあるでしょうが、取り敢えずこれだけ必要です」

　思い出してください、と伝次郎は言い、畳を指先で突いた。

「竈屋はかどわかす役です。その正体がばれそうになったので、誰かが口封じのために殺した。朝方訪れていたという男がそれでしょう。胆を抜く役。それに関わっていたと思われる女がいました。以前は物乞いをしていた駒という女です。いい働き口が見付かったから、とどこかに行き、そのまま行き方知れずになっていたのです。事の次第を知り、逃げ出そうとしたのか、しなかったのか、そこのところは分かりませんが、ある日、心の臓の病で亡くなった。それで通りに捨てられたのかもしれません。襟に子供の迷子札が縫い込まれていました。去年の火事で焼け死んだと思われていたふたりの子供の迷子札です。どうして火事で焼け死んだと思われていた子供の迷子札を、その女が隠し持っていたのか。己が殺されそうになった時には、この一件を明るみに出そうと考え、証として持っていたのに相違ないのです」

「俄には信じられぬ。其奴（そやつ）どもが、二十八年前と四十九年前の件にも関わっていたと言うのか」

「四十九年前なら、二十の者でも六十九になりますが」新治郎が言った。

「俺は六十八だが、まだ子供のふたりや三人はかどわかせるぜ」

「父上」新治郎が思わず窘(たしな)めた。

「分かっている。これを家業としている奴がいるとして、代替わりをして続けている、とは考えられねえか」

「まさか」

「竈屋を殺したと思われる奴は四十くらいだから、代替わりしていると考えられるだろうが。だがな、代替わりしていようがいまいが、そんなことは捕まえれば分かることだ。今は、かどわかしに加担している奴どもを引っ捕えてくれるだけだ」

「其の方の話が当たっているとしたら、由々しきことだ。いや、よく知らせてくれた。ご苦労であった。これまでのお調書を引き渡し、後は我らに任せてゆるりと休め」

「そうはいきません」伝次郎が言った。

「えっ」

「ここまで調べたのは俺たちだし、四十九年前から続いている一件だとすれば、これは永尋掛りの仕事でしょう。それに、この先の手順も考えてある。そっちが右往左往しているだろうから教えてやったまでで、俺たちが続けて調べるに決まっているでしょう」

「しかし、人数が足りぬであろう」

「冗談じゃねえ。余っている」

「どのように調べるつもりだ？」百井が訊いた。

「言わぬが花の吉野山、だな。真夏」

「まさに」真夏が答えた。

「では、話すことは話しましたので」

帰るぞ、と伝次郎は、皆を急き立てるようにして年番方の詰所を出て行った。

見送った新治郎が、百井の前に座った。

「申し訳ございません。どうにも頑固で……」

「いささか困ったものだが、儂らより遥かに先を行っているのは事実だ。それに、どうやら吉三という御用聞きも絡んでいたようだしな。ここは、永尋掛りに任せようではないか。とは言え、年であることには違いない。陰ながら手伝ってやるがよい。勿論、最後の最後は儂らの手で捕縛するのだから、そのことは折に触れ、申し聞かせておくようにな」

「心得ました」

「あんな立派な詰所まで建ててやったのだ。手柄を立ててもらわねば困る」

「分かっているか」と染葉が言った。「百井様は譲ってくださったのだぞ」

「そんな風には見えなかったぞ」伝次郎が言った。

「くどくどと引き留めなかったのが、その証だ」

「分かりづらい奴だな」

「……で、何から始める？」

「吉三親分からかな……」

「吉三？」染葉は、振り返って鍋寅を見た。腕をたくしあげ、隼と半六を従えている姿は、まだまだ枯れていなかった。

詰所に戻ると、正次郎がひとり、ぽつんと茶を飲んでいた。

「お前も手伝うのだぞ」伝次郎が正次郎に言った。

「勿論です。私は、永尋掛りの客分です」

「口の減らぬ奴だ」

　伝次郎は、皆を座敷に上げると、輪になるように言った。

「明日からのことを話す。それに先立って、吉三が調べていたことを確かめたい。何か書き残したものはねえか」

「申し訳ござんせん。寛政十一年（一七九九）の火事の巻き添えでなくしちまって、何も……」

　大火にはならなかったが、冬の間は火事の多い年だった。小柳町の二丁目から出た火が、神田鍋町の東横丁を焼いて鎮火した。《寅屋》は焼けなかったのだが、迫り来る火の手を前にして、火消し衆の手により裏から家の半ばが壊され、水を被ってしまったのだ。火事の後、大工を入れ、古材を使って修繕した際に、水に浸かってしまったものは涙を呑んで捨てたのだった。

「七月に雹が降った。嫌な年だったな」

「そうでございやした……」

「与三松と伊助がどこにいるか、知っているか」

　ふたりは吉三の手下だった。与三松は三十代の尻尾、伊助は三十代の半ばという年頃になっているはずである。

「何とか追えると思いやす」鍋寅が言った。

「どうして、あのふたりは辞めちまったんだ？」

「吉三が亡くなった後、卯之助が身柄を引き受けようと申し出てくれたんでやすが、この稼業はもう嫌だと言って、断っちまったんでさあ」

「その頃の塒には、いねえのか」

「引っ越しちまいやして。それからは、さっぱりでさあ。いい機会ですから、追ってみやす」

「では、鍋寅と隼と半六は、与三松と伊助を探し出し、吉三が何を追っていたか、どこまで調べが進んでいたか、を聞き出してくれ」

伝次郎は、染葉と真夏を見、

「俺たちは、医者に瘡について訊いてくる。子供の胆は効くのかとか、薬種問屋で胆を扱って評判のお店があるかとか、だ」

「医者は誰に？」河野が尋ねた。

「浅草の伴野玄庵だ。あそこの笹茶は美味いからな。ちいと飲みに行こう」

「笹茶、ですか」正次郎が訊いた。

「そう言えば、明日は非番か」

「まあ……」腰がちょいと引けたが、そうだ、と答えた。

「付いて来い」

「えっ」

「私と多助は何をいたしましょうか」河野が言った。

「薬種問屋をこまめに当たり、胆を売りに来たのがいねえか聞いてくれ。噂でもいい。かどわかしどもと組んで、危ない品を高く売ろうとする奴は、これぞという大店には行かないはずだ。大店になろうと足搔いている店か、大店ならば成り上がりか、そんなところだ。その辺に見当を付けて当たってみてくれ」

「承知しました」


組屋敷に戻り、夕餉を終えて隠居部屋にいると、庭に面した雨戸が開いた。母屋から誰かが来るらしい。飛び石を伝う下駄の音がした。男の足音であり、落ち着きがあるところから、新治郎だと知れた。

百井に啖呵を切ったことで文句があるのだろう。言い返してやりたいが、代は譲っており、向こうが当主だ。ただの隠居ではなく、再出仕をしている身とは言え、引かざるを得ない。

「よろしいですか」

新治郎は後ろ手に障子を閉めると、房吉を使うよう申し入れてきた。

「おう」

「お役に立ちましょう」

「ありがとよ」

「それから、これは軍資金です」

包みの具合からして二十両はありそうだった。

「いらねえよ。過分とは言えねえが、もらっている」

「ご安心ください。ご存じのように、我が家はこれくらいの出費（かかり）ではびくともいたしません」

「そうか。今夜も連中に飲ませようかと思ったんだが、実は手許が苦しくてな。助かるぜ」伝次郎は、僅かに拝むようにして受け取ると、あれから、と切り出した。「百井の奴、何か言っていたか」

「陰になり、手伝ってやるがよい。勿論、最後の最後は儂らの手で捕縛するのだから、そのことは折に触れ、申し聞かせておいてくれ。そのようなことを」

「泥亀らしい、と言うべきかな」

「ありがたいと思わねば」

「確かに、な」伝次郎が言った。

「明日は正次郎をお使いになられるのですか」

「そのつもりだが」

「小遣いなどは渡さぬように、お願いいたします」

「俺が孫に小遣いをやるような腑抜けに見えるか」

「見えませぬが、奉行所から手当を受けている身なので、一応」

「そうか。奴さん、懐が温かいのか」

「何か」

「十七だったな」

「はい」

「女子の方は、どうなのだ？」

「どうとは？」

「そら、あれだ。感興を催してはおらぬのか」

「どうなのでしょう？　私より父上の方が、正次郎とともにいることが多いと思うのですが」

「そうよな」伝次郎は首を捻ると、「お前が十七の頃は」と新治郎に訊いた。「どうだったのだ？」

「私は」と新治郎は向きになって答えた。「その頃は本勤並で覚えることが多く、女子どころではございませんでした」

「俺は、白粉(おしろい)のにおいが好きでな、夜鷹見物に出歩いたもんだぞ」

「それは、父上が特別なのでございましょう」

「明日は、正次郎を医者に連れて行くのだが」

「気付きませんでした。どこか、悪いところがありましたか」

「そうではない。瘡について訊くためだ。胆の件でな」

「ご苦労様です」

「そんなことはどうでもいい。正次郎の奴、当分夜鷹を見たら逃げ回るようになるかもしれぬぞ」

伝次郎は両の掌を擦り合わせ、ふふ、と笑った。

# 第三章　瘡（かさ）

一

十一月十三日。六ツ半（午前七時）。

鍋寅は、隼と半六を伴い、紺屋町（こんやちょう）三丁目代地にある《喜久造長屋（きくぞうながや）》へと向かった。かつて与三松が住んでいた長屋である。

大家は長屋の木戸脇で小間物屋をしており、名を芳蔵（よしぞう）と言った。

喜久造は長屋の持ち主の名で、芳蔵は喜久造の代理をするよう家主（やぬし）として雇われ、長屋の管理と店子の世話を任されていた。

「あの人は真面目なよい方でしたな」

芳蔵は与三松のことを覚えていた。

「どこに移るとか言っちゃおりやせんでしたか」

「人別帳のことがありますので、あたしも訊いたのですが、まだ決めていないということで、さてどこに行ったものやら……」

「何でも構いやせん。その頃聞いたことで何かありやせんか」

「静かに暮らしたい、と言っていましたな」

「静かに、でやすか」

「そうです。元々騒々しい人ではなかったので、妙に耳に残っております」

後、与三松さんと言えば……。芳蔵は少しの間考えていたが、おっ、と言って、掌を打ち付けた。

「戻るしかねえか、振り出しに。そんなことを言っていましたな」

芳蔵が思い出せたのは、そこまでだった。

一旦与三松のことは諦め、伊助がいた長屋を訪ねることにした。

伊助は、紺屋町三丁目代地と通りを隔てて向かい合う平永町(ひらながちょう)の長屋にいたが、五年前に久松町(ひさまつちょう)の《伸兵衛店(しんべえだな)》に引っ越していた。

久松町は浜町堀(はまちょうぼり)に架かる栄橋(さかえばし)の東詰にあった。訪ねようと思えば訳もないところだったが、当時は逃げるように越して行った伊助を不快に思い、《伸兵衛店》

を訪ねずに過ごしてしまったのだった。

《伸兵衛店》は直ぐに分かった。

しかし伊助は、越した翌年の冬、風邪をこじらせて亡くなっていた。

「こうなりゃ、与三松を探すしかねえな」

手持ちの札は《喜久造長屋》の大家が言った、「静かに」と「振り出しに戻る」、の二言だけだ。

「絵解きをしようぜ」と鍋寅が、隼と半六に言った。

「静かに、ですよね」半六が訊いた。

「そうだ」

「振り出し、ですよね」また、半六が訊いた。

「うるせえな。そう言ってるだろうがよ」

「爺ちゃん、じゃない親分」と隼が言った。「与三松さんは、確か船頭さんの子でしたね」

「そうだったか……」

「おれが七つ八つの頃、船に乗せてもらったことがありやした。その時に、そんな風なことを聞いたような」

「そうだ。思い出した。俺は野郎が吉三に頼み込んでいる脇で、どうして御用聞きなんぞになりてえんだ、と訊いたことがあった。その時あいつは、船頭の倅だけど何たら、と言ってやがった」

「生まれは？」隼が訊いた。

「下総だ。本行徳村。間違いねえ」

「でしたら、船頭になっているのでは」半六だった。

「おう、おう」鍋寅が頷いた。

「行徳ならば、塩か酒です。どっちから当たりやしょう」半六が身を乗り出した。「行徳の酒を扱っている問屋といえば、大きいところでは小網町三丁目の《大潮屋》ですが」

「ちょいと待っておくんなさい。もしかすると、でやすが、行徳河岸から本行徳村まで船遊山の舟が出ていやす。江戸にいた者だから、江戸の空をちょくちょく見たいんじゃねえかと」

「船遊山の船頭から当たるか」鍋寅が言った。

「へい」隼が答えた。

鍋寅らは浜町河岸から竈河岸へと抜け、小網町を南に下り、崩橋の北詰に出た。行徳河岸である。

「多助さんがここから当勘堀に折れてくださったお蔭で、吉三に辿り着けたんだな」鍋寅が洟を啜った。

「親分、おれは与三松さんがここにいるような気がする」隼が言った。

「あっしもで」

「そうだといいがな」

鍋寅は、船遊山の船着場にいた船頭に歩み寄り、済まねえ、と言った。

「ここに、与三松って人はいなさるかい？」

年の頃は……。続けて言おうとした鍋寅に背を向け、船頭が河岸の小屋に叫んだ。

「与三松」

小屋から腹掛けの上に半纏を羽織った男が出て来た。潮風を浴びて、色が黒い。

「与三松さん」隼が大声を張り上げた。

「おめえさんは……お隼ちゃん」隼の後ろを見た与三松が、首に巻いていた手拭を外した。

「大親分」

「久し振りだな、与三」

与三松が、三人を小屋に招き入れ、火鉢を寄せた。

「大親分は、あれからずっと御用聞きを？」

「笑ってくれ。この年でまだ浮世の塵芥(ごみ)掃除をしている」

「すげえな。敵(かな)わねえな、大親分には」

「そんなこたぁねえ。他にやることがねえからだ」

「俺は駄目でした。あんなに畳に額を擦り付けて、手下にしてもらったのに、逃げてしまいました」

「どうしてやめたんだ？」

「吉三親分を見ていたからです。親分は地べたを這いずり回るようにして聞き込みをされていた。あんなことは、俺にはとても出来ねえ。もっと楽に生きてえ。そんな弱気の虫が出てきましてね。考えたんですよ。御用聞き崩れは潰(つぶ)しが利かねえし、悪さをして牢に入れられたら、糞(くそ)食わされて殺されるってね。じゃあ、何をするか。俺は本行徳の生まれだから、舟なら餓鬼の頃から漕いできた。舟しかねえ。それで、船頭になったんで……」

下げた頭を起こしながら、与三松が訊いた。

「でも、大親分。そんなことで、ここへ？」

「おめえのことも気になっていたが、ちいと訊きたいことが出来たのよ」

「何で、ございやしょう？」与三松の顔が御用聞きのものに変わった。

「吉三が死ぬ頃、何を調べていたかを知りたいんだが、覚えているかい」

「よくは分かりませんが、あの頃は火事のことをよく調べていなすったような」

「火事の何をだか、話しちゃいなかったか」

「俺と伊助は縄張り内の見回りばかりだったので、親分がどんな調べをしてたか、まったく分からないんですが、火事に隠れて悪どいことをやってる奴らがいるって……。火事場泥棒のことかと思って訊いてみましたが、俺にもまだ信じられねえんだ。確証を得たら、話す、と。その後、ご存じのように、急に倒れなさったんで、何にも詳しいことは。伊助なら、もっと聞いているかもしれやせん。伊助の奴にお尋ねになってみてはいかがで？」

「伊助は、四年前に風邪で死んじまってたよ」

「知りやせんでした……」

「俺たちも、だ」鍋寅の肩の後ろで、隼と半六が頷いた。

「近間をじたばた走っていたのによ。見舞いのひとつもしないままに逝かせちまった。ろくでなしだよ、俺は」

「とんでもねえことです。伊助も俺も、吉三親分が亡くなった後は、てめえのことで精一杯で。無沙汰してたのは、こっちでやす」

与三松が手拭で顔を覆った。

「おめえ、かみさんは」鍋寅が訊いた。

「へい。餓鬼もおりやす」

「そうかい。それはよかったじゃねえか」

「時には、御用聞きに戻りたい、と思うことも、正直言えばございやす。でも、餓鬼を手習所に送ったり、かみさんと餓鬼と飯を食ったりしていると、そういうことが宝のようにも思えやして」

「それでいいんだ。俺たちはよ」と隼と半六を見返り、「何て言うか、捕物に憑かれちまってるんだよ。おめえは、それでいいんだ。ありがとよ。邪魔したな」

立ち上がり、小屋を出て歩き出したところで、与三松に呼び止められた。振り返ると、船着場を指さしている。小柄な丸髷の女が、五、六歳の男の子の手を引いて立っていた。

「あれが、かかあと餓鬼で。丁度、浅草詣でに来ておりやして、お見せ出来てようござんした」

女が、項が見える程深く、頭を下げた。

二

同日。四ツ半（午前十一時）。

浅草今戸町の医師・伴野玄庵宅は、診療を待つ人で溢れていた。

「いつもこうなのですか」正次郎が、溜息を吐きながら訊いた。

「一度来たことがありますが、その時はもっと待っている人がいました。表に屋台まで出ていましたからね」真夏が屋台の出ていた場所を指さした。

ひとりずかずかと中に入って行った伝次郎は、受付の者と話をしていたが、やがて片手を上げて、振り向いた。

後ほど顔を出す、と言っているらしい。となれば、昼餉にしてしまおう、となるに決まっている。正次郎がにんまりと笑い掛けたのを見計らったように、受付の者が伝次郎を呼び止めた。声が聞こえた。

「これくらいなら、直ぐですよ」

「待たせてもらってもいいのか」

「どうぞ」

伝次郎が、染葉と真夏と正次郎を手招きした。昼餉が後回しになった。

玄関で雪駄を脱ぐと、下足番が患者とは違う棚に置いている。

受付の者に呼ばれた弟子が先に立ち、伝次郎らを奥へ導いた。廊下の両側は患者の待合所になっていた。片方は人が溢れていたが、もう片方は空いていた。

「こちらでお待ちください」

案内の弟子が大きな急須と湯飲みを置いて、下がって行った。

「これが笹茶だ」伝次郎が、並べた湯飲みに注ぎ、飲むように促した。

不味くはないが、美味くもなかった。正次郎は、

「これが美味いのですか」と伝次郎に訊いた。

「この味が分からんとは、情けねえな」立て続けに二杯飲んでいる。

もう少し茶の悪口を言うと、意地になって三杯目を飲むだろう。そう思うと口がむずむずしたが、腹でもこわされると、昼餉前である。おとなしくしておくことにした。

待った。しかし、待合所の方から咳きが聞こえてくるだけで、一向に玄庵が現れる気配はない。

正次郎は空腹に負けて、笹茶に手を出した。

半刻（約一時間）も経っただろうか、案内をしてくれた弟子が、まだまだ終わりそうもない。申し訳ないが、昼餉を済ませてきてはくださいませんか、と玄庵の言葉を伝えに来た。

「お戻りの頃には終わっておりましょう」

言葉に従うことにした。

伝次郎らは、今戸橋の南詰を西に折れたところにある縄暖簾に向かった。そこは酒も出す一膳飯屋で、油揚げと青菜と麩を、醤油と味醂と砂糖で煮付け、卵で綴じたものを飯に掛けた狸飯を売り物にしていた。伝次郎と真夏は半年前に、一度食べたことがあった。

冬場なので青菜の代わりに青葱を使っていたが、味は満足出来るものだった。

正次郎が素晴らしい速さで二杯食べ、染葉を驚かせた。

「そろそろ、行くか」

ゆるりと茶を飲み、玄庵宅に戻った時には、昼八ツ（午後二時）になろうとしていた。玄庵も、朝のうちに受け付けた分の診療を終え、昼餉を食べたところであった。笹茶をなみなみと注いだ湯飲みを手にして、伝次郎らが待つ奥の間に現れた。

「いかがなさいました。また何かお調べですか？」

伝次郎は改めて、三日にかどわかされそうになった《山路屋》清兵衛の倅・清之助の治療の礼を述べてから、訪ねた訳を口にした。

「瘡について伺いたいのですが。患者の数は、どれくらいいるものなのですか」

「先程、待合所の前を通られたと思いますが」玄庵が言った。

「片側は大分混雑しておりましたな」

「込み合っていた方は、すべて瘡の者です」

伝次郎と染葉が唸り、真夏と正次郎は声を失った。

「沢山いましたが……」

「ご府内の医者が診る者の大半は、瘡毒、梅毒、黴瘡（ばいそう）、揚梅瘡（ようばいそう）、いろいろと呼び方はありますが、簡単に言うと瘡の者です」

「唐瘡（とうそう）というのを聞いたことがありますが」染葉が言った。

「唐瘡とか琉球瘡（りゅうきゅうそう）という言い方は、瘡が持ち込まれた経路から付けられたようですが、ともかく江戸には瘡が蔓延しております。俗に江戸瘡とか江戸疱瘡と呼ばれております。夜鷹や、百九十カ所以上もある岡場所、そして新吉原を取り締まらねば、根絶することは難しいでしょう」

「取り締まれば、根絶出来るのですか」真夏が訊いた。

「まず広がることを防ぎ、その上で適切な手当をすれば、軽い者ならば治りましょう」

「治らない者も？」伝次郎が問うた。

「骨絡みの者は、今の私たちの腕では無理ですな」

「骨絡み、とは？」正次郎が言った。

「手の施しようのない程症状が進んだ者のことです」

「瘡とは、そこまでひどくなるのですか」真夏だった。

「病持ちの夜鷹を買ったとします。移る。最初は下疳と言いまして、皮膚などの一部が爛れます。次いで便毒、これは横根のことで、つまり鼠蹊部にぐりぐりが生じます。更に頬などに腫れ物が出来る頃になると、身体の節々が痛み、頭痛、発疹、発熱が起こり、そのままにしておくと、やがて鼻などが腐乱していきます。恐ろしい病です」

「そのようにひどい者は見たことがないが」染葉が首を捻るようにして言った。

「大店などの場合は奥に閉じ込めていたり、また長屋の店子などがそうなると、墨染めの衣を着せ、人目に付かぬようにして追い出したりするようです」

玄庵は笹茶を飲み干すと、私の診た瘡毒家ですが、と再び話し始めた。

「下疳が治り、やれやれと胸を撫で下ろしていたら、今度は頬に山桃のような腫れ物が出来、それも治まったかと見えた頃、身体のあちこちが腐り始め、おびただしい膿汁(のうじゆう)に鼻も曲がる程でした」

「その人は？」伝次郎が訊いた。

「残念ながら亡くなりました」

「軽いうちならば治るとのことでしたが、薬はあるのですか」

「土茯苓(どぶくりよう)、別名山帰来(さんきらい)という、猿捕茨(さるとりいばら)の根茎が効くという話がありました。瘡がひどいので山に捨てられた男が、空腹のあまり草を食い、根を食べた。偶然食べた猿捕茨の根が効いて瘡が治り、山から帰って来たところから、山帰来と呼んだのです。私はこの山帰来を調合しているのですが、これとても万人に効くという訳ではないようです」

「胆は、どうなのでしょう」伝次郎が切り出した。

「胆が効くという話は昔からあります。事実、治ったという話も聞いたことがありますが、これも万人に効くものではないようです。どこまでが本当の話か分かりませんが、骨絡みの瘡毒家に効いた、と聞いたことがあります」

「根強い人気があるようですな。人の胆で作った薬を売っている薬種問屋と言えば、どこですか」

「ほとんど皆、扱っているはずです。実際のところは狐（きつね）や犬の胆を使っているのが多いようですが、勿論人胆も扱っています。人胆を干したものならば、御試し御用を務める山田（やまだ）様の御屋敷に行けば、一腹金一分で手に入りますからね」

「薬種問屋の中でも瘡毒に効く薬で名が通っているのは？」

「両国吉川町（りょうごくよしかわちょう）、神田鍛冶町（かじちょう）などに、瘡毒の薬で名の知れた薬種問屋がありますが、そこらのは伊勢白粉（いせおしろい）を使った薬でして、病が軽いうちはいいように見えますが、却って身体を壊すようなものですし……」

伊勢白粉は、伊勢で採れる水銀白粉で、軽粉（はらや）（塩化第一水銀）のことだった。

「何か瘡毒家が悪事でも？」

「先生だからお話ししますが、どうも生き胆を狙（ねら）って、子供をかどわかしている一派がいるようなのです。子供の胆ってのは、大人のよりも効き目があるなんてことは」

「私は、効能の程はどうか、と疑っていますが、巷間、子供の、それもよい食べ物で育った子供の胆はよく効くと言われています。これは山田様のお言葉ですが、咎人の胆でよいものは、十のうちに一つ、あるかどうか、というところだとか。胆は正直で、その者の日頃の暮らし振りが表れるのです。大酒飲みや病持ちの者は、胆が痩せていて、よい薬にはならないそうです。ですから、よい食べ物で育った子供の胆は、大人程大きくはありませんが、胆そのものはよいでしょうね。私がまだ修行していた頃は、巳年生まれの子供の胆がよい、などと言われていました。今では信じられなくなりましたが」

伝次郎は、かどわかされた子供の年回りを思い返した。四十九年前の時は丑年ひとりと未年がふたりで、二十八年前は巳年ひとりに辰年がふたりだった。今年は、酉と申である。巳年を特に狙っている、という訳でもなさそうだった。

「病のことをひた隠しにしている者も、いるのでしょうな」染葉が訊いた。

「はい……」玄庵の歯切れが悪い。

「どうかしましたか」

「目隠しをされて見立てをするよう、連れて行かれたことがありました」

「それは、いつ頃のことです？」伝次郎が訊いた。

「二年程前になります」

「詳しく話していただく訳には」

「患家のことを洩らさぬのが医家の習いではありますが……」

「是非とも」

「お調べのお役に立つかもしれませぬな。お話ししましょう」

玄庵は、言葉を選びながら、語り始めた。

七月半ばの夕七ツ（午後四時）頃でしたか、お武家方から使いが見え、内密に診てもらいたいお方がいる。直ぐ来てもらいたい、と言われるではありませんか。他の患者がまだおりましたので、急には無理だとお答えしたのですが、迎えの駕籠も用意してあるから、と動かない。仕方ありません。どのような病なのか尋ねたのですが、口を濁している。お教えいただかねば、持参する薬を決められぬから、と言うと、見たこと、聞いたことは他言せぬよう約定させられ、瘡毒であることを耳打ちされました。症状を訊きました。既に頰の肉は崩れ、歯が剝き出しになっており、身体は膿汁にまみれている、とのことでした。私の手には負えぬから、と瘡を専らとしている医者・杉田玄白殿をお勧めしたのですが、あの方は若狭国小浜酒井家の外科医であるからと難色を示し、どうしても、と言われるので、仕方なく行くことにしたのです。

駕籠に乗せられました。ここを発つ前に、弟子のふたりに、ひとりは分かるように後について来、もうひとりは離れて、見付からぬように尾けるように言い含め、発ちました。駕籠は直ぐに人気のない辻で止まり、目隠しをされました。目隠しをされる前に駕籠の中を見ましたが、紋所などはありませんでした。程無くして、後について来た弟子のひとりは気付かれ、追い返されているのが聞こえました。しかし、もうひとりの弟子は見付からず、尾け果せました。

屋敷に着き、奥へと通されました。

そこで初めて目隠しを外されました。それから待つこと暫し、頭巾を被った殿様らしいお方が現れました。現れたと言っても、己ひとりでは歩くことが出来ず、家士に抱えられるようにしてやって来ました。その時にはもう、座敷の中はひどいにおいが満ちていました。

肛門の周りの肉も腐り、恐らく六寸（約十八センチ）程の膿にまみれた穴になっていることは想像に難くありませんでした。

頰の肉がないので、言葉も明瞭ならず、家士の言うことを聞いて、何を言っているのかようやく分かる、という次第でした。

　ここまで症状が進んだら、手の施しようがないことを申し伝えました。泣かれましたが、いかんともしようがありません。

　薬はあらゆるものを試されたそうです。先程お話しした伊勢白粉を使った紫金(しきん)膏(こう)、ダルマ薬、三ツ星薬、山帰来、それから胆も飲んでいるそうです。でも、治らずひどくなる一方だった、とのことです。

「飲んだ胆は、子供のですか」伝次郎が訊いた。

「はっきりと、子供の生き胆から作ったものだ、と言っておりました」

「どこの殿様だか、教えていただけませんか」

「それは……」

「先生のお名は明かしませんし、私たちは町方ですので、表立って調べることも出来ません。ですが、子供らが次々にかどわかされ、胆を抜かれているのです。このままにしておく訳にはいかないのです」

「分かりました……」玄庵が、秘かに尾けた弟子が辿り着いた先は、と言った。

「関谷様、です。御旗本の」

　真夏の身体が、ぴくり、と動いた。

「神田橋御門外に御屋敷のある関谷上総守様ですか」伝次郎が訊いた。

「はい」

上総守の姿は五日前に見ていた。瘡毒には罹っていなかった。

すると、あの時……。伝次郎は脇の小部屋の障子窓が細く開いていたのを思い出した。障子窓の向こうにいたのが、瘡毒家なのだろう。

「小姓組番頭ではありませんか」正次郎が、驚きを隠そうともせずに言った。

「大物ですね」

「いや」と伝次郎が、怒りを堪えながら言った。「単なる、瘡掻き(かさか)の縁者だ」

三

同日。夕七ツ（午後四時）。

奉行所の詰所に戻った伝次郎らは、染葉と河野、それに多助と房吉らが集まるのを待って、医師・伴野玄庵から聞き取ったことを話した。

「おっかねえもんでやすね、瘡は」鍋寅が身震いして見せた。

「半六」と伝次郎が言った。「悪所には無駄に近付くんじゃねえぞ」

「あっしは、行きやせん。金輪際行きやせん」半六が、皆に言い、振り返って隼に言った。

「おれに言うな。正次郎様に言え」隼が言ってから、口許を押さえた。

正次郎が慌てる番になった。

「行きません。私も、行きません」

「そんなことは、どうでもいいんだ」伝次郎が、鍋寅と多助に、「疲れちゃいねえか」と訊いた。

「誰に仰しゃってるんでやすか」鍋寅が前に進み出た。

「そいつは結構だ。明日の八ツ半（午後三時）頃からは、俺たちと一緒に関谷様の屋敷を見張ってもらわなくてはならねえからな」

「見張るって、誰をでやす？」

「口の軽そうな中間が出て来るのを待ち、後を尾けるんだ。上手いこと酒場に入ったら、鱈腹酒を飲ませて、跡継ぎか次男か、誰が瘡か訊き出してくれ。それと、出入りの薬種問屋もな」

「任せておくんなさい」鍋寅と多助が、目と目を見交わした。

「俺たちは、朝から手分けして市中の見回りをしてくるからよ。俺たちが見回りから戻るまで詰所で休んでいてくれ。またぞろ子供がかどわかされねえとも限らねえしな」

「では、天神下の親分と、じっくり策を練らせていただいておりやす」

「そうと決まれば、今夜は鍋にするか」伝次郎が言った。

「ここで、ですか」真夏が詰所の中を見回した。

「におうと拙いのではないか」染葉が言った。

「外だ、外。どこかに繰り出しゃいいじゃねえか」伝次郎が、張りのある声を上げた。懐が温かなのだ。

「しかし、役目の話も出るでしょうから、煮売り酒屋という訳には……」河野が唇をへの字に曲げている。

「私に作らせていただけませんか」近が言った。「お駒さんのことでは、皆様に大変お世話になり、そのお礼も出来ないままでいました。ここは是非にもお願いいたします」

「そうするか。《寅屋》に行き、ぱっ、とやるか」伝次郎が皆に訊いた。

「賛成です」即座に正次郎が答えた。

「お前は来んでもよいぞ」伝次郎が正次郎に言った。「この分だと、また帰りが遅くなる。母上の機嫌取りをしておいてくれ」

隼が、鼻の先を掻きながら、くすり、と笑った。

「何の、私も参ります」正次郎が向きになって言った。「鍋を見過ごしたとあっては、二ツ森家の名折れですからね」

「食い意地だけは立派だな」

板戸を閉て掛けている店に飛び込み、鍋の材料を求め、《寅屋》に向かう途中で、伝次郎が鍋寅に訊いた。

「《鮫ノ井》の卵焼き、ほしかねえか」

鍋寅の大好物だった。卵の溶き具合、出汁と酒の混ぜ具合、それに焼き具合が絶妙なんだ、と鍋寅は煩く講釈するが、滅法美味いことは間違いなかった。

「ほしいに決まっておりやすよぉ」鍋寅が甘ったるい声を出した。

「直ぐに追い付くから、先に食うなよ」

伝次郎が身軽に駆け出した。

「正次郎」

染葉が、隼と真夏相手に歯を見せている正次郎に、追い掛けろ、と言った。

「転ぶような男ではないが、何に引っ掛かるか分からぬからな」

伊勢町の《鮫ノ井》で六人前の卵焼きを買い込むと、伝次郎と正次郎は《寅屋》へと急いだ。

「随分、ありますね」正次郎が咽喉を鳴らした。

「伊都の分もあるからな」

「母上の、ですか」

「馳走してくれると言っていたが、すっかり忘れているお前の母親の分だ。尤も、夕餉を食べたり食べなかったりするこちらが悪いのだからな。おべっかだ」

「先達は、もうすっかり忘れているのかと思っていました」

「俺はな、一度耳にしたことは忘れぬのよ」

伊勢町から本町四丁目の通りに出たところで正次郎が、後ろ手に縄を打たれている囚人に気が付いた。ふたりの牢屋見廻り同心に挟まれている。奉行所からの呼び出しを受け、牢屋敷に戻るところであるらしい。囚人の顔に見覚えがあった。

「先達、あれは？」

「佐太郎、じゃねえか……」

海野小岳こと、佐太郎だった。

おい、と声を上げながら、伝次郎が駆け寄った。縄を引いていた小者が、同心に囁（ささや）いている。同心らが足を止めた。

「これは、旦那……」佐太郎の顔は、脂が浮き、黒ずんでいた。ひどくやつれて見えた。

「お役目、ご苦労ですな」伝次郎は、同心に言って丁寧に頭を下げた。正次郎も、如才なく倣った。

「奉行所で吟味を受けたにしては、随分と遅いのではありませんか」

伝次郎が丁寧な物言いをした。刻限は七ツ半（午後五時）になろうとしている。この刻限まで吟味が長引くのは、異例のことだった。普通は、牢の夕飯が始まる夕七ツ（午後四時）までには返すことになっていた。

「吟味方与力の加納（かのう）様に所用が出来、待たされたのです」同心のひとりが答えた。

「そうか。いろいろと大変だが、仕方ねえな。後始末は付けねえとな」

佐太郎が頷いた。力が無い。疲れ果てているらしい。

「腹ぁ減っただろう」

「いいえ……」

「自身番に、寄らしてくれねえかな」伝次郎が片手で拝む真似をした。「卵焼きを食わせてやりてえんだ。こいつは俺が捕らえたんだ。縁があるんだよ」

伝次郎が、膝に手を当て頭を深く垂れた。正次郎も同じ姿勢を取った。

敵いませんね、二ツ森さんには、とひとりの同心が言った。

「いいでしょう。牢屋の飯は終わってしまっておりますし」

「済まねえ」

四丁目の自身番は、目と鼻の先にあった。

御免よ。腰縄を打たれた囚人を連れた同心が、何の前触れもなく、腰高障子を開けて入って来たのである。当番で詰めていた大家と店番らが、茶托(ちゃたく)を引っ繰り返す騒ぎとなった。

「食え。遠慮なんか、するんじゃねえぞ」

大家と店番らは外に出したが、伝次郎に正次郎、そして同心ふたりと佐太郎に小者の六人が入ると、三畳の部屋は一杯になった。

伝次郎は、三つの折り詰を開き、ひとつを佐太郎の前に置き、後のふたつを同心と小者の前に置いた。

「さあさあ、どうした、皆んな、食べてくれよ」

「では……」佐太郎が箸を伸ばし、一切れ摘んで口に収めた。

「うめえ、だろ？」

「へい」

「うめえんだよ、ここのは。正次郎、茶を淹れろ。濃いのをな」

「はい」急須に入っていた茶殻を捨て、新しい茶葉に替えた。

「もっとだ。構わねえ。どんどん淹れろ」

「濃いですよ」

「濃くていいんだ、豪華に飲もうじゃねえか」

正次郎が言われた通りにして茶を注いでいると、伝次郎は箸を使い、同心らの前に置いた折りから卵焼きを佐太郎の前に取り移している。

「後は、佐太郎のだ。佐太郎、食え。腹が膨れるまで食え」

「もう、これで……」佐太郎が箸を置いた。

「こんな顔触れで食べるってことはもうねえだろうからな。俺も食うから、もうひとつ食ってくれ」

伝次郎が御前箸(ごぜんばし)で、口に放り込んだ。

佐太郎が、もう一切れ口に入れた。肩が震えていた。

「あまり遅くなるといけませんので」

牢屋見廻り同心に促され、自身番の前で佐太郎と別れた。

姿が見えなくなるまでに、佐太郎は二度振り返った。

「私たちも行かないと」

「ああ……」伝次郎の肩が下がっている。

「先達、卵焼きですが……」

「どうした？」

「三人前しか残っておりませんが、どうしましょう」

買いに戻るのには遅かった。伊都の分は、次に回すことになった。


十一月十四日。八ツ半（午後三時）。

伝次郎は、染葉と鍋寅に多助、そして房吉と隼に半六を伴い、関谷家の表門を見通す辻番所にいた。

「ちょいと御用の筋でな、ここの隅を貸してくれねえか」

辻番所の番人をしていた三河町の隠居らに否やはなかった。

辻番所からは、屋敷の表門だけでなく四軒町の町屋もよく見えた。四軒町には煮売り酒屋もあった。後は、中間が抜け出して来るのを待てばいいだけだった。

「関谷様の中間を見張っているのだが、何かい、関谷のお殿様は病とか聞いたが、本当かい」伝次郎がさりげなく訊いた。

「そのようなお話は、聞いたことがございませんが」隠居のひとりが、他のふたりに、あるかい、と尋ねた。他のふたりが顔を横に振って応えた。

「確かな筋の話だが、違ったか」

「若様のお具合が悪い、とは聞いたことがございます」首を振ったひとりが言った。

「そりゃお気の毒なこった。どこがお悪いんだい？」

「さあ、そこまでは……」

「若様ってのは、いくつくらいなんだ。知ってるかい」

「二十八、九か、三十二、三か、それくらいでしょう。前に、と言っても、もう六、七年前にちらっ、とお見掛けしただけですので、はっきりとはいたしませんが」

「そうかい。早くよくなるといいな」

摘んでくれ、と言って伝次郎は菓子を差し出した。三河町二丁目の菓子舗《大黒屋（こくや）》の落雁（らくがん）だった。

「これは結構なものを」隠居らの相好が崩れた。

「誰か通るのが見えたら教えるから、のんびりしていてくれて構わねえよ」

「それはどうも」

早速、茶の用意をしている。房吉が身軽に立ち、人数分の湯飲みを並べている。気付いて手伝おうとした隼と半六を、伝次郎が呼んだ。

「中間の顔をよっく頭に叩き込んでおけ。お前たちにも出番が回ってくるかもしれねんだからな」

「はい」

隼と半六は、房吉の淹れた茶を皆の膝許に置くと、鍋寅と多助の横に座った。辻番所に四つの頭が並んだ。


暫く前に、暮れ六ツ（午後六時）の鐘が鳴り終わっていた。日が落ちると、寒さが募った。

飲みに出る。伝次郎には確信があった。中間が、こんな寒い夜に、素面（しらふ）で膝を抱えて眠るはずがねえ。

四半刻（約三十分）を過ぎた頃、関谷家の表門の潜り戸が開き、中間がひとり、背を丸めるようにして通りに出て来た。

「旦那」と房吉が小声で言った。

暗くて顔までは見えない。しかし、月明かりで中間と知れた。

「よし、行くぜ」

鍋寅と多助を前にし、伝次郎と染葉が続き、隼と半六が後に付いた。

常夜灯が間遠に瞬き、その合間を縫って煮売り酒屋の明かりが見えた。中間が、そのうちの一軒の縄暖簾を潜った。

五つ程息をゆっくり吸い込んだ後、鍋寅と多助が酒屋に入った。

板場に続く通路を挟んで、両側が入れ込みになっていた。中間は中程で飲み始めていた。「あすこが、空いてるぜ」鍋寅が、中間の横を顎で指した。

「急かせるねえ」

「てやんでえ」鍋寅は、さっさと上がり、「酒と、何か見繕ってくれ」小女に言った。

「あい」

小女は返事ひとつ残して板場に消え、直ぐに酒と小魚の煮付けを運んで来た。

鍋寅は銚釐(ちろり)を取ると、飲み直しだ、と多助に酌をした。

「いけねえよ。俺はもう、そんなに飲めなくなっちまったって言ったじゃねえか」

「何だよ。まだ二軒目だぜ。今日は、とことん奢(おご)ろうと思って来たのによ」

「かかあに土産のひとつも買おうって気には、ならねえのかよ」

「冗談言うねえ。酒に使う金はあっても、あんな人三化七(にんさんばけしち)に使う金なんてあるけえ」

多助が、がっくりと首を倒して見せた。

「しょうがねえな」鍋寅は、ふたつばかり手酌で飲むと、隣の中間に、「お前さん」と話し掛けた。「酒、強そうだね」

「強いよ」中間が何気なく答えた。

「そいつはいいや。飲まねえかい」鍋寅は、銚釐で多助を指した。「こいつは、昔は強かったんだが、今じゃ猫だ。にゃあにゃあ言って、嘗めるだけになっちまった」

「いいのかい？」

「いいってことよ。今日は、おらぁご機嫌なんだ」

「じゃ、遠慮なくご馳走になりやすぜ」

中間が、杯をぐいと空けた。

「それが男の飲み方よ。気持ちいいねえ」

小女が葱の酢味噌和えと剝き身の佃煮を運んで来た。

「ここに置いちくれ。兄さんの箸の届くところによ」鍋寅は、掌を擦り合わせながら、小女に言った。「済まねえな。ありがとよ」

「兄ィは、何がご機嫌なんです？」

「兄ィなんて無理するねえ。父っつあんでいいよ。実はな、倅なんだが、瘡が治ったのよ」

「治るんで？」中間が、上目遣いになった。

「そりゃ、いい薬があれば治るぜ。そのいい薬ってのが、なかなか見付けられねえんだけどよ」

「それは、どこの何という薬なんです？」

「兄さんも、かい？」

「俺じゃねえ。俺じゃねえが、ちいとな」

「結構高いよ。兄さん、懐の方は大丈夫なのかい」

「俺は見ての通り、ある御屋敷の中間をしているんだが、そこの若様がちょいとな、具合が悪いんだ。いやな、俺たちには知られないように、と懸命に隠しているんだが、分かるじゃねえか」

「隠せるもんじゃねえよな」

「そうよ、だからよ、いい薬があると教えれば」中間が、黄色い歯を見せた。

「お覚えが、目出度くなる」

「小遣い銭にもなろうってもんだあな」

「兄さんがどこの御屋敷の中間か、なんて野暮なことは訊かねえよ。だけどよ、兄さんのような、しゃきっとしたのを雇うとなれば、それなりの御家なんだろ。出入りの薬種問屋はいねえのかい？」

「そりゃいるけどよ、効かねえらしいな」

「どこだい？　俺も倅のために行ったことがあるかもしれねえ。聞きてえな」

「神田花房町の《高麗屋》ってんだが、知っているかい？」

藁店に入って三軒目にある薬種問屋だった。先々代が興した小さな店を、代を継いだ先代と当代が、江戸でも指折りの大店に押し上げていた。

「行ったよ。高い薬をありがたくいただいたけど、駄目だった。《高麗屋》の他には？」

「前は何軒か出入りしていたが、このところは見掛けねえな」

「《高麗屋》と言えば、飛び抜けていい薬があるって話だけどよ」と鍋寅が、鎌を掛けた。「聞いたこと、あるかい？」

「特別な薬のことだろ」中間が、ぬたを口に放り込んだ。

多助が細目を開けた。

「それよ、それ。買いに行ったんだけど、品切れでな、暫く入らねえって言われちまった」

「あれが、何で出来ているのか、父っつあん、聞いたら驚くぜ」

鍋寅の心の臓が、音を立てて鳴った。

「聞きてえな」鍋寅は、努めて落ち着いた声音を使い、「教えてくれよ」と言った。「誰にも言わねえからよ」

「小判だよ」

「小判……」鍋寅の身体から力が抜け、尻が入れ込みの板床にぺたり、と落ちた。

「何でも小判を溶かして作るって話だ」

「知らなかったぜ」多助を見た。寝た振りをしている。「道理で高え訳だ」

「そりゃそうだ。小判を飲むんだからな」

「しかし、そんなものが効くのかい」

「はっきりしたことは言えねえが、どうも効かねえみてえだな。御用人様たちが内緒話をしているのを聞いたんだが、高いばかりで、少しもよくはなっていないって言ってたからな」

「やっぱりな。買わなくてよかったぜ」

「で、どこの薬なんだい？　倅に飲ませたってのは」中間が、鍋寅と己の杯に銚釐の酒を注ぎながら訊いた。

「それよ」

中間から聞き出すことはすべて聞いている。後は、不審に思われぬうちに、中間と別れればいい。鍋寅は、おもむろに口を開いた。

「薬を商っているお店なら、どこでもいいんだよ」

「へっ？」中間が杯を持ったまま鍋寅を見た。

「お店に行く。伊勢白粉と山帰来を買う。それを家で、伊勢白粉一に山帰来五の割合で混ぜて、卵で飲む。忘れるなよ。この卵が大事なんだ。これを毎日飲む。

それだけよ」

「それで、治るんで？」

「倅には効いたぜ。山帰来って薬はな、猿捕茨って木の根っこなんだが、これが効くんだよ」

「ありがてえな。よく教えてくれた。礼を言うぜ」

「いいってことよ」

「伊勢白粉と山帰来……」中間が目を閉じた。覚え込もうとしているらしい。

「伊勢白粉一に山帰来五。それを卵で飲む」鍋寅が嚙んで含めるように言った。

「済まねえな。頭、悪くてよ。一と五、だな……」

「覚えたかい」

「のんびりしていたら、忘れちまう。こうしちゃいられねえ。帰るぜ。じゃあな」

「もう行くのかい」

返事もせずに、中間は酒屋から走り出て行った。

「てめえの分も払わずに行きやがったな」多助が笑いながら起き上がった。「いや、上手えもんだ。俺の出る幕がなかったぜ」

「それにしても、小判にはがっかりしたぜ。そんなもん、ある訳ねえだろうによ」

「金っ食いとでも話しているのを、取り違えでもしたんだろうよ」

中間から少し遅れて、鍋寅と多助は酒屋を出た。どこに、誰の目があるか分からない。四軒町から三河町へと歩き出した。人通りが絶えたところで、折を見て、伝次郎らが声を掛けてくるだろう。その呼吸が分からぬ伝次郎ではなかった。辺りに目配りしながら、ふたりの後に続いた。

猫の舌音のような足音だけが響いた。

「旦那、上手くいったんでしょうか」堪え切れなくなった半六が、伝次郎に訊いた。

「安心しろ。背中が笑ってる」

四

十一月十五日。朝五ツ（午前八時）。

出仕した伝次郎は、河野と真夏を呼び、

「鍋寅と多助が関谷家の中間から、薬種問屋《高麗屋》の名と秘薬があることを聞き出してくれた」

と、昨夜の経緯を掻い摘んで話した。ふたりは、人数が増え過ぎるからと、辻番所に詰めることも、鍋寅たちを見守る役からも外していたのだ。

その上で伝次郎は、皆を集めて諮った。

「《高麗屋》が、俺たちの追っている一件と関わりがあるのか。秘薬なるものが、子供の胆を使ったものなのか。確かなことは分からねえ。分からねえが、今は他に縋る手掛かりが何もねえ、という始末だ。暫く《高麗屋》を調べてみてえんだが、どうだろう?」

誰にも否やはなかった。

「それじゃ」と伝次郎が言った。「手順を決めるぜ」

先ずは、見張り所を決め、《高麗屋》の主と番頭の動き、それに店を訪れる者の中に不審な者がいないかを探る。

その間に、《高麗屋》の評判を聞き、同時にお駒のいたところを探すんだ。この際、竈屋を殺したと思われる四十くらいの男のことは、後に回そう。雲を摑むようなことより、少しでも確実に見付けられそうな方に掛かろうぜ。

俺と鍋寅は、《高麗屋》の評判を聞きに行く。染葉と多助は、見張り所に詰めてくれ。

河野と真夏、房吉と隼と半六は、寒い中済まねえが、若けぇんだ、お駒のいたところを探しに歩いてくれ。

「河野の旦那も、若いんでやすか」鍋寅が訊いた。

「俺たちよりは、若けえだろうが」伝次郎より五つ年下で、六十三歳になる。

「足と腰には自信があります」

「それが八丁堀よ」

「私も、お手伝いさせていただけませんか」近が言った。

「頼めるかい」

「勿論でございます。何をすれば？」

「河野たちと歩いてもらえるか」

「分かりました」

「ならば、二手に分かれてくれ。そうよな、房吉と隼と半六、真夏に近と河野で頼む」

「承知いたしました」河野が答えた。

「絵師にもう三、四枚お駒の似顔絵を描いてもらい、持ってゆくんだぜ」

「やはり、描かせておいてよかったですね」真夏が言った。

「やっておきさえすれば、役に立たねえものなんざ、この世にはねえんだよ」

「覚えておきやす」隼が言った。

「お尋ねしてもよろしいでしょうか」真夏が伝次郎に言った。

「言ってみな」

「三人ずつ二組になるより、ふたりずつ三組になった方が、広く回れると思うのですが」

「そう考えるのは、もっともだな」

「でしたら、どうして？」

「飯屋を探すなら、それでいい。が、俺たちが相手にしているのは、正体の分からねえ奴らだ。危ねえことがないとも限らねえ。三人一組になり、絶えず連絡を取りながら探す。何かを見付けた時は、ひとりではなく、ふたりを残し、ひとりが知らせに走る。そのためだ」

「分かりました」

これからの動きが決まり、さて、と腰を伸ばし掛けた時、半六が伝次郎に訊いた。

「あっしも、よろしいでしょうか」

「今度は、何だ？」

「歩くって、どこいらを歩けばいいんでしょう？」

「どこだと思う？」伝次郎が逆に訊いた。

半六が、首を捻って、隼を見た。隼も浮かない顔をしている。

「よし」と伝次郎が言った。「では、考えてみよう」

分かっていることを整理するぞ。

お駒は小塚原の刑場と、小塚原の町屋の中程の道端に倒れていた。見出人に見付けられたのは、朝っぱらの暁七ツ（午前四時）。死んだのは、その二刻（約四時間）程前だ。傷はなく、医者の言うことによると、恐らく卒中ではないか、ということだった。持ち物は何もない。

小塚原町を含め、お駒を見た者は誰もいない。近の話によると、お駒は一年半前に、いい働き口が見付かったと言って、神田多町の《左兵衛店》を引き払った。梅がどうした、とかいうところに行ったらしい。

この一年半、どこで何をしていたのか、襟の迷子札から察するに、胆取りに関わっていたと思われる。

「さあ、どこだ？　隼、何かねえか」

「小塚原の辺りは、調べましたので外します」

「成程。で、どこへ行く？」

「胆を抜くんです。隣近所に見られてはなりません。軒を並べた家ではやれないとなると、市中から外れたところがいいと思います。死骸の始末も出来ますし」

「市中の外れはいいが、かどわかした子供を運ぶのも、干した胆を薬種問屋に届けるのも大変だが、いいか」

「舟を使うとか」

「舟か。その手もあるかもしれないな。だったら、寮なんかでは駄目か」

「寮なら隣近所は少ないし、死骸を埋めるにしても見られる心配はない。寮です。市中にも出易いでしょうし」

「お駒が湯屋に現れていないのも、寮の風呂を使っていたとしたら、頷けやす」

鍋寅が言った。

「寮はあちこちにあるぞ、絞らねばな」染葉だった。

「絞りようが、あるんで……」鍋寅が、伝次郎に訊いた。

「あるぞ。なあ」伝次郎が染葉を促した。

「駒の亡骸を見たな」染葉が言った。

「へい」鍋寅が答えた。

「どうであった？　桶に入れられていたように座っていたか、それともごく普通に倒れた姿だったか」

「家の中で倒れたような塩梅でした」

「真夜中頃に死んだのだぞ。まさか、その刻限に、ちょいと用足しに、と出掛けるとは思えぬし、辺りの者も見覚えがない者だと言うからには、運ばれてきて、捨てられたということになるな」

「だと思いやす……」

「子供ではないのだ。大の大人の女をどうやって運ぶ？　堀も川もないぞ。街道だぞ」河野が助け舟を出した。

「駕籠は使えねえし、大八車か何かでしょうか」隼が言った。

「よし大八車としてみよう。夜中に運ぶのだ。音もするだろうし、怪しまれもしよう。町の木戸や御門は通れぬぞ」

「舟で運んで、後は担いだ。それしかありません」半六が拳を握った。

「舟で見付からぬように運び、無事着いた。やれやれってところだろう。その後、見られるかもしれない危ない橋を渡ってまでして担いだり、荷車に載せたりすると思うか。大概はそっと捨てるだろう」

「俺だったら海に捨てっちまうぜ。舟を使うのならよ」伝次郎が言った。

「ということは、舟ではなく、陸路を運んだと考えた方が無難だな」河野が言った。

「はあ……」半六の眉の両端が、力無く下がった。

「どうだ、絞れたであろう？」染葉が隼に訊いた。

「小塚原からちょいと離れたところにある、寮もしくは一軒家ですね」

「そうだ」染葉が頷いた。「それにもう一つ。《左兵衛店》の大家が言ってた梅だ。梅に関わるところだ」

「おれは、小塚原の辺りは端から捨ててやした」隼が、握った拳をもう一方の掌に打ち付けてから、伝次郎と染葉と河野に頭を下げた。「ためになりました」

「いつも、このように」房吉が、伝次郎に訊いた。

「毎度という訳ではないが、な」

「驚きました。あっしは命じられたことばかりこなして、てめえで考えるなんてことはしておりませんでした。何だか目が覚めたような心地がいたします」

「そりゃ違うぜ。清水湊では、しっかり考えていただろ。どこで訊こう。次はどこに行こう、と。房吉は、これまでの生き方からいろいろと考える力を持っているが、隼や半六は、苦労が足りねえ。だから鍛錬しているのさ。俺たちはいつまでも生きていられる訳ではねえしな」

「旦那は、昔からそのようにお考えになっていたのですか」

「そいつは、どうかな……」

「この旦那は、いつも先頭に立って駆け出して行かれて、こっちは追い掛けるのに必死でした」鍋寅が言った。

「それが若いってことかもしれねえな。俺もこの年になって、練れてきたってことか」

鍋寅が、聞こえぬ振りをして横を向いた。

伝次郎は空咳（からぜき）をひとつすると、よし、と言った。

「まずは、見張り所を決めに行くぜ」

昼四ツ（午前十時）。

　伝次郎らは、筋違御門外にある神田花房町にいた。

　薬種問屋《高麗屋》は、通りをひとつ入った藁店の三軒目にある。

　伝次郎と染葉と河野は、目立たぬよう三人で見張り所を決めることにした。

　三人は《高麗屋》の出入りが見渡せるお店を探した。両隣は塗物問屋と味噌屋で、向かいは書物問屋、糸物問屋、算盤屋であった。

「どこにするか」

　見張り所に出入りするこちらの人数が多いところから、気付かれる恐れがあるとして両隣は止め、向かいのお店に絞った。

　客数が少ないのは算盤屋だった。

「訊いて参りましょう」河野が身軽に自身番へと走った。

　主の吉左衛門は雲州（出雲国）出の堅い男で、使っている者の数も、三軒の内で一番少なかった。

「決まりだ。算盤屋の二階を借りよう」

　吉左衛門は一も二もなく、お役目のためならばと、二階の隅の座敷を見張り所にすることを承諾してくれた。

　伝次郎らは早速二階に上がり、障子窓から向かいの《高麗屋》を見た。人の出入りは勿論、脇にある路地までよく見えた。

「こりゃあ、願ったりじゃねえか」

皆を裏木戸から通し、二階に上げた。鍋寅が、向かいを見渡しながら、

「ちょいと《高麗屋》について、訊いてきやす」

隼を連れて、河野が出向いた自身番に走った。

《高麗屋》の主の名は菊右衛門（きくえもん）で、年は七十四歳、番頭は嘉兵衛（かへえ）で五十歳であることが分かった。

「あまり細々と訊くと、どう伝わるかしれねえので、これ以上は訊きやせんでした」

「それでいい。ご苦労だったな」

「へい」鍋寅と隼が、後ろに下がった。

「それぞれの分担は、詰所で話した通りだ。ここに集まるのは、夕七ツ（午後四時）とする。皆、頼むぜ」

見張り所に詰める染葉と多助を残し、伝次郎らは町に散った。

五

見張り所を出た伝次郎と鍋寅は、少し歩いて神田旅籠町の自身番を訪ねた。

「この辺りにある薬種問屋というと、どこだ？」

「花房町の《高麗屋》さん、黒門町の《俵屋》さん、下谷長者町の《嶋屋》さんというところでございましょうか」大家が、にこにこと笑みを湛えて答えた。

「その三軒だが、仲はよいのか」

「どうでしょうか。《嶋屋》さんは、柳橋北詰は平右衛門町の《富田屋》さんから嫁取りしていますので親戚筋ですが、《高麗屋》さんと《俵屋》さんとの仲までは、存じません」

無理もねえ。それぞれのお店の仲まで知っていたら、却って驚くってもんだ。

自身番を出たところで、《嶋屋》に行くぞ、と鍋寅に言った。

「《嶋屋》は《富田屋》があればいいんだ。《高麗屋》と仲良くしなければならない理由はないからな」

御成街道を北に進み、小笠原信濃守の中屋敷の手前で東に折れ、堀沿いに行くと、下谷長者町に出た。訊くまでもなく、《嶋屋》は直ぐに分かった。

暖簾を潜ると、番頭が擦り寄ってきた。

「薬のことで、教えてもらいたいことがあるのだが」

「どのようなことを、お知りになりたいのでしょうか」

「瘡毒。早い話が瘡だが、効く薬はあるか」

見世にいた客が、一斉に伝次郎と鍋寅を見た。

「上がっていただきなさい」主らしい男が番頭に言い、中暖簾の内に消えた。

奥の間に現れた主は、仁兵衛（にへえ）と言った。伝次郎は、訪ねた訳を話した。

「今追い掛けている奴はひどい瘡掻きらしいのだ。瘡毒の薬で知られている薬種問屋というと、どこだ？」

「まずは、手前どもでしょうか」

「そんなに効くのか」

「正直に申し上げますと、まあまあというところでしょうか。名の知れたところですと」

仁兵衛は、紫金膏、ダルマ薬、三ツ星薬などを商うお店の名を挙げた。

「伊勢白粉を使った薬だな。他のお店でも、例えば《高麗屋》でも、そのような薬を扱っているのか」

「そうだと思いますが、あそこは」

「何だ」

「瘡毒に限っては、胆を使った薬に力を入れているようでございます」

「胆って、人の胆か」

「人のもございますし、熊や狐や犬のも使っているとか。人胆ならば山田浅右衛門様の御屋敷に行けば、簡単に手に入ります。熊の胆は伝がなければ仕入れられませんが、狐や犬などは近在の百姓にでも頼めば幾らでも手に入りますからね」

「お前さんのお店では、胆は？」

「山田丸だけでございます。《高麗屋》さんでは人胆に独自の薬を混ぜて、新たな薬を作っているようですが、手前は胆を扱うのが嫌でございまして。しかし、お武家様の御屋敷に買いに行くのは憚られるという方のために、山田丸は仕入れて置いてございます」

「これから《高麗屋》に回ろうか迷っているのだが、《高麗屋》の評判はどうなのだ？」

「主は菊右衛門さんと仰しゃり、真面目な商いをしていると聞いておりますが」

「番頭や手代に切れ者はいるのか」

「そのような飛び抜けた者は、いないかと」

「旗本家や大名家はどこに入っている？」

「詳しくは存じませんが、幾つかの御家の御用を承っているとか」

「昔からか」

「いいえ、先々代の頃は泣かず飛ばず、でございました。それが、先代の晩年になって、大名家などに出入りするようになり、当代で大きくなった、ともっぱらの噂でございます」

「大名家に出入りし始めたのは、何年くらい前の話だ？」

「五、六十年前になるでしょうか。その頃から商いが広がってきた、と聞いております」

四十九年前のかどわかしから、一連の事件が始まったとすると、《高麗屋》の隆盛と符号する。

「妾は、いるのか」

「そのような浮いた噂は聞いたことがございません」

「つまりは面白みのない奴なのだな」

「あるいは、お面を被っているか、でございましょうね」仁兵衛が、狐のような小狡（こずる）い顔をした。

「お前さんの読み、覚えておくぜ」

伝次郎は、鍋寅を促して立ち上がった。


見張り所に戻る刻限には、まだ余裕があったので、伝次郎らは黒門町の《俵屋》を訪ねることにした。《俵屋》の主は、狐でも狸でもなく、気の小さな小鳥のような男だった。毒がない分、得るものもなかった。

見張り所に帰り着くと、染葉と多助が生真面目に障子窓の傍らにいた。《高麗屋》に動きがあったか、訊いた。

「駄目だ。菊右衛門が出掛けたので、多助が尾けたが、料理茶屋であった」

「相手は」

「仏具問屋《万屋（よろずや）》の主で、孫の病が癒えた礼らしい。怪しげな者の出入りはなかった」

「まだ初日だからな」

階段を上がる足音がした。重い。房吉と隼と半六であった。三人の後を追うようにして、河野と近と真夏が帰って来た。

「どうだった？」

「駄目でした」と房吉が言った。「河野の旦那が千住辺りから始めると仰しゃっていたので、あっしどもは入谷田圃の方へと向かいました。虱潰しに訊いて回ったのですが、お駒さんらしい人を見掛けた者はおりませんでした」

「同じだ。似顔絵を見せても首を横に振る者ばかりで、駒を見たという者はどこにもおりませんでした」河野が言った。

「よし、明日からは俺と鍋寅も加わるぜ。それに正次郎が非番だから、そうよな、吉原辺りから回るか」

「旦那、若にはまだ毒では……」

「毒も毒、あいつは瘡毒の話を聞いたばかりだからな。近付きたくないと言うかもしれねえな。山谷堀沿いに上がって素通りするか」

「それが、無難というものでございます」

「うるせえ父っつあんだ」

「旦那に父っつあん呼ばわりされたかねえって、いつも言ってるでしょうが」

では、と染葉が、鍋寅と伝次郎の遣り取りを無視して、懐紙を張り合わせ浅草の絵図を描いたものを取り出し、広げた。

「大雑把な絵図だが、どこを調べたか分かるようにした」

「その細かさが、お前のいいところだな」伝次郎は絵図を覗き込んだ。

浅草寺と吉原を中心に、北は千住宿、南は浅草の町屋と寺社、西は入谷田圃、東は大川までが描かれていた。

「今日歩いたところを言ってくれ」

「私たちは、千住宿の外れをぐるりと見て回っただけです」河野が言った。

「何を言う。大変な道程だ」

「あっしどもは、坂本町から切手町一帯です」房吉が言った。

「寺領も多いから大変だったな」

「そんなことは、ございませんでした」

「明日は、その先だな」伝次郎が言った。

「若は、妙に勘のいいところがございやすからね。楽しみでございます」

「では、これからちくっと飲むか」

「旦那、今日は日のあるうちに組屋敷に戻って、伊都様のお手作りのものを召し上がってくださいやし」鍋寅が言った。

「俺は殆ど屋敷では食わぬので、外の方が気楽なのだ。好きな時に食えるし、酒も飲めるしな」

「それじゃ、隼、何かお作りしろ」

「手伝います」真夏が言った。

「私も」近が加わった。

「でしたら」と隼が言った。「私と真夏様と近さんは、先に鍋町に帰っておりますので、暫く見張ってから、いらしてください」

「済まねえな」伝次郎が言った。

「染葉様も河野様も、房吉さんも、召し上がってくださいね」隼が言った。

「済まぬな」染葉と河野が言葉を重ねた。

「あっしは……」房吉が頭を下げた。

「遠慮はなし、ですよ。これからいろんなことを教えてもらうつもりでいるんですから」隼が言った。

「では、お言葉に甘えて」

「その言葉、今日は受けますが、次からは、頼む、の一言で済ましておくんなさい」

「ありがとうございます」

「ほらっ」隼が睨んでみせた。

「そう言うな。それが、房吉さんのいいところよ。流石、新治郎様が見込んだお人だぁな」鍋寅が言った。

「お人は止してくださいよ」

「おっと、それじゃ俺の腹の中だけにしよう」

《寅屋》の腰高障子を開けると、よいにおいが漂い出てきた。半六が歓声を上げた。

「みっともねえ声を出すねえ」叱り付けた鍋寅の背が、ふいに柔らかく崩れた。

「これは、若、いらしてたんで」

奥の床几に正次郎が座っていた。

「何で、お前がいるんだ?」伝次郎が訊いた。

「はい。料理のお手伝いをしておりました」

「そうではなく、奉行所から直接ここに来たのか」

「明日は非番なので、何か手伝うことはないかと思い」

「その心意気は買うが、何か役に立てたのか」

「水を汲みました。それと火の番を」

「そんなものだろうな」

正次郎の頰が膨れた。

「それにしても、美味そうなにおいだな」伝次郎が言った。

「茸の炊き込みご飯だそうです」

「そうか」

「それに、豆腐と大根の煮物です。味は濃く、と言ってあります」

「濃いのは嬉しいな」

「やはり味は濃くないといけません」正次郎が鼻を蠢かせた。


十一月十六日。六ツ半（午前七時）。

染葉と多助は奉行所に寄らず、組屋敷から見張り所に入った。

同じ頃、河野と房吉は《寅屋》に行き、隼と真夏、それに長屋から駆け付けてきた半六と近を伴い、駒の足取りを探しに出ている。

伝次郎は朝五ツ（午前八時）、正次郎と鍋寅とともに詰所に出、定廻りの筆頭同心である沢松甚兵衛の詰所を訪ねた。ここ数日の動きを報告するためである。本来ならば年番方与力の百井亀右衛門に話すべきことであったが、与力の出仕の刻限が昼四ツ（午前十時）なので、「とても待てねえ」からだった。それに、虫の好かない百井と顔を合わせずに済むという利点もあった。そうまでして報告する気になったのは、昨夜新治郎に、「毎日毎日父上の調べの進み具合を訊かれ、うるさくて敵いません。明日にでも百井様を訪ねてください」と言われたためである。

（俺は、何と聞き分けのよい親父なんだ）

肩を怒らせ、喧嘩腰で沢松に会い、一方的に話して、定廻り同心の詰所を飛び出した。飛び出す時に、新治郎を見ると、頭を抱えていた。これで暫くは何も言ってこないだろう。

「待たせたな。済んだぞ」

「参りやすか」鍋寅が正次郎に言った。

伝次郎らが山谷堀を西に行けば、下谷を北へと向かっている房吉らや、千住から南へと進んでいる河野らと、三ノ輪辺りで出会すはずだった。しかし、どこで行き違ったのか、顔を合わせることなく、一日が終わってしまった。

伝次郎らは、夕七ツ（午後四時）を回り、七ツ半（午後五時）近くになって、見張り所に辿り着いた。

どの顔も疲れ果て、脂が浮いていた。

「何か、手掛かりは？」

「ない」

「こっちもだ」

更に二日が経った。

十一月十八日。

《高麗屋》に動きはなく、駒探しにも進展は見られないままだった。

「おかしいな。俺たちは何か見逃しているのかな」染葉が言った。

「あっしらこそ、目の前にぶら下がっているのに、遠くばかり見ているのかもしれません」房吉が膝に置いた腕を摩りながら言った。

「そんなことはねえ。ただぶち当たらねえだけだ。根気だ。まだ見張り所を設け、駒のいたところを探し始めて四日目だ。四日ばかりで音を上げたとあっちゃあ、いい笑いもんだぜ。せめて半月は腰が抜けるまで歩き回らなければ、お天道様に顔向け出来ねえってもんだろうが」

「旦那の仰しゃる通りだ。《寅屋》で鍋でも作って気勢を上げやすか」鍋寅が、飲む真似(まね)をした。

「悪いが、俺は今日は帰って、初めから考え直してみるわ」伝次郎がよろりと立ち上がった。

「さいでやすか?」鍋寅が気抜けしたような顔をして、皆を見回した。

# 第四章　鬼の霍乱（かくらん）

## 一

十一月十九日。明け六ツ（午前六時）。

鐘の音がした。

目を開けてみたが、ひどくだるい。もう少し、横になっているか。と思う間もなく、眠りに引き込まれたらしい。

伝次郎は、引き戸を開ける音で目を覚ました。正次郎の声が聞こえた。

「先達、朝餉（あさ）の用意が出来ていますが」

「いや、今朝はいらぬ」声が掠（かす）れていた。

「これは珍しいことを」

無遠慮に障子が開いた。床に伏せっている伝次郎を見て、正次郎が土間から上がり込んで来た。

「いかがなさいました？」

「ちとな、気分がよくないのだ。寒気もする」

正次郎が、くるりと向きを変えた。母屋へ行こうとしているのだ。

「構うな。呼ばんでよい」

「そんなことをしたら、叱られます」

隠居部屋を出るなり、正次郎が大声を上げた。

「母上」

母屋に上がり、また叫んでいる。

あの馬鹿、呼ぶなというのに。

ふたりの足音が、母屋の廊下から庭に移り、引き戸が開いた。

「お加減が悪いのですか」伊都が枕許に座った。

「大仰に騒ぐでない。ちと寒気がするだけだ」

「失礼いたします」伊都の掌が伸び、伝次郎の額に触れた。水仕事をしていたのだろう。冷たくて気持ちがよい。

「お熱がございます」

「生きていれば、多少はあるものだ」

「冷やさねばなりません。正次郎、桶に冷たい水を汲んで来なさい」

正次郎が母屋へと走った。

「直ぐ戻ります」伊都も母屋へと走った。

伊都と正次郎が戻って来た。水を張った桶が枕許に置かれ、濡れた手拭が伝次郎の額に載せられた。

「新治郎は？」

「疾うに出仕なさいました」

「早いのだな」

「少し、粥でも召し上がりますか」

「いや、今はよい」

「正次郎は非番です。何か言伝がありましたら、走らせますが」

「そうだな」伝次郎は、ちら、と伊都を見てから言った。「今日は行けぬ、と伝えてくれるか」

「明日は、どういたしますか」正次郎が訊いた。

「明日は……」また、ちら、と伊都を見て、「明日にならぬと分からぬ」

「熱が下がるまで、一歩も外へはお出しいたしません」

「分かっておる」伊都に答えてから、正次郎に言った。「行き先は見張り所だぞ。入る時は裏からだ。間違えるなよ」

「心得ております。あの、私ですが、その後はいかがいたしましょう」

「俺の代わりに歩いてもらえるのか」

隼と一緒だろうか。期待が頭をもたげたが、そうは聞けない。「無論です」

「では、急いでくれ。鍋寅が待っている」

「他の人は？」

「いねえ」

みるみる胸がしぼんだが、今更断れない。正次郎は、渋々と腰を上げた。

「正次郎、お腹に入れてから行きなさい」

「そうですね。腹が減っては、と言いますからね」

「また参りますから、少しお休みください」

伊都と正次郎が足音を忍ばせながら、母屋へと帰って行った。

天井を見詰め、耳を澄ました。のんびりと飯のお代わりをしているのだろう。

出掛ける様子がない。もう行け、と怒鳴りたかったが、堪えた。熱が上がったのか、とろっとした時に、木戸が軋んだ。今頃出掛けおって。何か投げ付けてやりたかったが、その力が出ない。早く治さねば。目を閉じた。

人の気配を感じた。

目を開けると、伊都がいた。顔を覗き込んでいる。

「何だ？」

「よかった。あまりにお静かなので、息をしていないのかと思いました」

「生きておるわ」

「それだけお元気なら、何かお召し上がりになりますね」

「勿論だ」

「粥を作りました。まだ軽いものしか召し上がれないでしょうから」

「そうか。済まぬな」

「口を漱がれますか」

「流しに行く」

起き上がると足許が揺れるように思えたが、弱みを見せてなるものかと堪え、口を漱ぎ、顔を洗った。しゃきっとした。粥を食べた。僅かに塩味のあるだけの白粥に梅干しであった。

半膳ほど食べ、箸を置いた。もっと塩気を効かせろ。腹の中で言い、「寝る」と告げた。

「それがよろしゅうございます」

これで夜になれば新治郎が来るのか。今日は仏滅か三隣亡か。参ったな。伝次郎は掻巻を首筋まで持ち上げた。

燭台(しょくだい)に灯火(ひ)が灯されていた。夜になったのだろう。

正次郎が戻って来たらしい。声が聞こえてきた。

まず母屋に上がるとは何事か、先にこちらに来るべきであろうに。苛々(いらいら)しているところに、

「いかがですか」と太鼓持ちのような顔をして、正次郎が現れた。

「熱があると思うか」

「それは分かりません」

「よいか。熱のある病人の部屋に入ると、何やら温気(うんき)が籠っているものだ。入って来た時どうだった？」

「熱っぽい感じはありませんでした」

「だったら熱はないのだ」

「よかったですね」

「よくない。まだ熱が少しある」

「はあ……」

「何事にも例外はあるのだ」

「はい……」

「それで？」

「何が」

「俺が何を聞きたいか、分からんのか」

「分かります」

「…………」

「《高麗屋》に動きはないそうです。それから駒のいたと思われる家ですが、未だ見当たりません」

「そうか。昼はどこで何を食べた？」

「山谷堀に猪牙舟（ちょきぶね）の船着場がございますね。あそこに船頭相手のうどん屋がありましたので、そこで」

「鍋寅に誘われたのだな」

「はい」

「土手に生えている草を天麩羅に揚げた奴か」

「そうです。あれは大層美味かったです」

「あの汁の濃さは絶品だな」咽喉が鳴りそうになり、慌てて唾を飲み込んだ。

「しかし、あの辺りは湯屋がないところですね」

「明暦の大火の後、吉原があそこに移ってきたであろう。その時、移る見返りとして、辺りの湯屋を閉めさせたのだ」

「どうしてです？」

「どうしてってな、分からぬか」

「分かりません」

「その頃のことだが、湯屋にはな、髪などを洗う手伝いをする湯女というものがおってな。それが髪を洗う以外にも、あれやこれやと、客の相手をいたしたのだ」

「相手、ですか」

「そうだ。客の相手と言って、分からぬか」

「はあ……」

その時、障子が開き、伊都が上がって来た。小首を傾げている正次郎を見て、

「義父上、何を話しておられたのです？」

「いや、大した話ではない」、

「お身体の具合はいかがですか」

「随分よくなった。もう食べられるぞ」

「それはよろしゅうございました」

「夕餉は何かな」

「まだ軽いものがよろしいかと思い、卵粥と煮物を用意いたしました」

「もらおうか」

やはり薄い塩味だった。

食後とろとろしている時に木戸が開いた。卯之助の声が聞こえた。新治郎が帰って来たのだ。

話すことは、なかった。面倒なので寝ている振りをすることにしようと思っているうちに、寝てしまった。

十一月二十日。

朝になると熱が上がっていた。うとうとと眠り、目が覚めると、近がいた。

どうした？　訊くと、朝のうちに鍋寅、隼、半六とともに見舞いに来て、ひとりだけ居残ったという話だった。

伊都には細かな用がある。側に付き添ってばかりはいられない。近の頼みを聞き入れ、熱のある間だけいることになったらしい。

組屋敷の者が世話になっている医者の藪野竹林（やぶのちくりん）が来た。藪野竹林は伝次郎が付けた渾名で、本当の名は吉田了庵（よしだりようあん）と言った。了庵は、疲れからくるもので大したことはない、と言い、熱を下げる薬を置いて帰って行った。うつらうつらして、少し粥を啜る。寝ている間に、染葉と多助と真夏が来たらしい。

十一月二十一日。

まだ熱が少しある。節々がだるく痛む。

思い切り屁をひり出したかったが、近がいるので、遠慮する。

眠る。

随分と楽になる。どうやら峠(とうげ)を越えたらしい。腹も減る。粥を食べる。


十一月二十二日。

もう殆ど熱はない。近も帰る。だが、新治郎の命令で床の中にいた。

伊都が洗濯ものを干している。

昼四ツ（午前十時）頃、木戸が開いた。

「御免」

「これはこれは、染葉様」

「どうですか」

「まだ少し熱がございまして」

「こんな時しか屋敷にいないのですから、ゆっくり寝かしておけばよいでしょう」

正次郎が染葉の声を聞き付け、出て来て挨拶をしている。日取りを数えた。三日に一度の非番の日である。ならば、手伝いに行けばよいものを。

「何をくっちゃべっている」

「おう、威勢がよいではないか」染葉が上がりながら言った。

伊都が茶と菓子を運んで来た。

「買い物をして参りますが、お召し上がりになりたいものなどは」

「別にない」

「何かございましたら、正次郎がおりますので、お申し付けください」

「分かった」

伊都が母屋に戻った。

「大変だったな」

「歳だ。治りが遅い」

「どうしてどうして、随分とよいようではないか」

「起きたいのだが、新治郎がうるさくてな」言ってから、伝次郎はつるりと顔を撫で、「見張りは、よいのか」と訊いた。

「鍋寅と多助がやってくれている。その新治郎殿だが、昨日陣中見舞いに立ち寄られたぞ」

「何か言っていたか」

「お手伝いすることはございませんか、と言われた」

「皆にも迷惑掛けちまうな」

「よいではないか。迷惑を掛けられるうちが花だ」

「寝ながら考えていたんだが、《高麗屋》に絞ったのは正しかったのかな」

「まだ八日目だ。根気と言ったのは誰だ？」

「そうだった。年寄りは気が短くていけねえな」

伝次郎は笑ってみせながら、見張り所に戻らなくてよいのか、と訊いた。こんな病人の相手をさせている訳にはいかねえ。

「そろそろ行くか」

「頼むぜ」

「任せろ」

染葉は隠居部屋を出ると、母屋に声を掛けた。正次郎が見送っている。

再び静かになった。

伊都が帰って来たらしい。木戸を通り、母屋へと入って行く。

暫くして、伊都が隠居部屋へ現れた。湯飲みと菓子盆を片付けている。

「どこに行っていたのだ？」

「《水月楼(すいげつろう)》でございます」

「竈河岸のか。何しに？」

「本物の味噌粥の作り方を教わって参りました」

「教えてくれたか」

「熱が出て口が不味いので、大好物を食べていただこうと思って、と申しましたら、快く」

「そうか。わざわざ済まぬな」

「いいえ」

「夕餉を楽しみにしているぞ」

「ご期待くださいませ」

伊都の後ろ姿が障子の向こうに消えた。

伝次郎は、天井を見詰めた。ふっ、と瞼の裏が熱くなった。

夕七ツ（午後四時）。

母屋の台所から、包丁を使う音が聞こえてきた。

味噌粥を作り始めたのだろう。

味噌粥は凝った料理ではない。土鍋に味噌を塗り、焦がさぬように焼く。そこに出汁を入れ、煮立ったところで飯を加える。出汁に溶けた味噌と飯が程よく絡んだところで、青葱と生姜汁を落とせば出来上がりだ。後は、熱いうちに食べればよい。

台所の方で正次郎の声がした。味見をしているのだろうか。無駄だ。食わせるな。小声で叫んでいると、味噌の焼けるよいにおいが漂ってきた。まさしく味噌粥のにおいだった。

味噌粥が来た。小さな土鍋の中で、ふつふつと煮立っている。

伝次郎は、布団の上で胡座を掻き、食べた。

「美味い。美味いぞ」言ってから、我に返り、済まぬ、と詫びた。「伊都の作った粥も美味いのだが、その、これは好物なのでな」

「はい」

「いや、美味い」

「ようございました。義父上は、そのように食べてくださらないと心配です」

「そうか。いや、ありがとう」

更に箸を動かし続け、瞬く間に食べ終えた。

「いや、生き返った。よし、このところ大声を出していないので、叫ぶぞ。よい

「いつも、悪さをする方には何と言うのですか」

「さて、何と叫ぶかな」

「はい」

「それでいくか」

「はい」

「俺を誰だと思ってやがる。聞いて驚くな。南町の二ツ森伝次郎だ。恐れ入ったかぁ」

伊都が大きく開けた口を両の掌で隠しながら笑った。

「どうなさいました？　母上、何があったのです」正次郎が飛んで来た。

「治ったのだ。すっかり、とな」伝次郎が答えた。

二

十一月二十三日。

五日振りに見張り所に顔を出した伝次郎は、無理をするとぶり返すからと、鍋寅らと張り番をすることになった。

鍋寅との長い一日が始まった。日が東から西へと移ろっていく間、目の前にいるのは鍋寅ひとりである。《高麗屋》の動きを見張る以外、目に入るものは鍋寅しかいなかった。

俺は、この六十八年間のうちのどれくらいを、この男と一緒にいるのか。

伝次郎の頭に、そんな思いがふい、と浮かんだ。恐らく、死んだ妻の和世(かずよ)よりも、一緒に過ごした時は長いに違いない。そう思うと、己の生きてきた道が何だったのか、と誰かに訊きたくもなった。

「何か仰しゃいやしたか」鍋寅が言った。

「俺か……」

「へい。何だった、とかぶつぶつ仰しゃってやしたが」

「気にするな。考え事をしていたのだ」

「さいでやすか……」

鍋寅が、横目で探るような素振りを見せていたが、また《高麗屋》に目を向けている。

一刻近くが過ぎた。

竹町(たけちょう)の方角から、背を丸め、弾むような足取りで歩いて来る男がいた。年の頃は四十絡み。真っ直ぐ《高麗屋》の方に向かっている。

「ちょいとくさいのが来やすが」

「どれどれ」伝次郎が鍋寅の後ろに立った。「あいつは、悪(わり)ぃな」

「性根が腐ってやすね」

「どっこい生き仏だったりしてな」

男が《高麗屋》の前を通り過ぎた。見ようともしていない。

「人は分かりやせんからねえ」

「まったくだ。俺なんぞ、黒羽織を着て、着流しでなければ、何と思われるか分からねえぞ」

「………」鍋寅は黙って、通りを見ている。

「何で、そんなことありません、と言わねえんだ」

「言いやせんでした？」

「言ってねえ」

「言ったと思ってやした」

「歳だぞ。てめえが何を話したか、話してねえか、覚えていられねえのは」

「どうやら、本当に治ったようでやすね」

「ああ、治った」

「そうと来たら、濃い味噌粥でも食いに行きやしょうかね」

「食った」

「もう食いに行ったんでやすか、あっしを差し置いて」

「済まねえ。訳があるんだ」

「聞かせてもらおうじゃねえですか、その訳って奴を」

鍋寅の目が据わっている。言い逃れることは出来そうにない。伝次郎は、月代を指先で掻いた。

この日も、翌日も、収穫はなかった。

十一月二十五日。

張り番の伝次郎と鍋寅に、非番の正次郎が加わった。

「お前は若いのだから」

と伝次郎と鍋寅が交代で休んでいる間も、見張りの任を解かれない。いい加減疲れた頃に、昼になった。

「正次郎、稲荷鮨でも買ってきてくれ」

食べ終えた午後もまた、正次郎が見張りに付いた。湯飲みを片手に鍋寅が、擦り寄ってきた。

「若は、根気がおありでやすね。大(てえ)したもんです」

褒めてくれるのは結構だから代わってくれ、と言いたいのを堪えて、《高麗屋》を見詰めた。泣きを入れると、伝次郎から文句が三倍になって返ってくるのは分かり切っていた。

「どういうのが怪しいのか、もう飲み込まれやしたか」鍋寅が訊いた。

「如何にも怪しそうなのは三下で、怪しくなさそうなのが、意外と大物でしたよね」前に聞いたことを話した。

「そうなんでやすが、見た目も悪で大物とか、おりやすからね、そこらを読まないといけないんでやすよ」

「で、今私たちが探しているのは？」

「そのどれか、ということになりやす」

結局分かっていない、ということではないか。

「探し甲斐(がい)がありますね」嫌みを言ってみた。

「見付けたら、小遣いを二分やるぞ」伝次郎が言った。

「本当ですか」

眠気がすっ飛んでいった。正次郎は鋭い眼差しを《高麗屋》に注いだ。

笊屋(ざるや)に小間物屋に、薬を売り歩く定斎屋(じょうさいや)など、様々な担い売りの者が通り、墨染めや武家やお店者が通り過ぎて行く。その合間を縫って、《高麗屋》に何人かの者が入り、出て行った。

「人は疑って見ると、皆、悪そうに見えるものですね」

「誰も彼も、皆、悪いんだよ」伝次郎が言った。

「そうでしょうか。……真夏さんも、隼さんも、悪いんですか」

隼を最初に言おうかと思ったが、二番目にした。

「ああ、善人なんてこの世にはいねえんだ。あのふたりだって、俺たちだって、てめえの命を守るためなら、鬼になるかもしれねえ」

「隼さんは……」と言って気が付き、真夏の名を言い足した。「真夏さんは、絶対にそんなことありません」

「そう言えるお前は若いんだ。うらやましいぜ」

大店の若主人のような男が、《高麗屋》に入って行った。すっと、隙間風のような入り方であった。鉄色の渋い羽織が目に残った。

「今の、どうです？」

「若、いい目をしてやすぜ。あれは、悪です。それも、相当年季の入った奴です。旦那」鍋寅が指示を仰いだ。

「よし、ふたりは下で尾ける用意をしろ。俺はここから見て、尾けるかどうか、合図を送る。指を一本立てたら、尾けろ。俺は、後から行く」

「先達は、どの男だか分かるのですか。羽織の色を教えましょうか」

「いらん。出て来たところを見れば分かる。行け」

「へい」

鍋寅と正次郎は急いで階下に降りた。

四半刻（約三十分）が過ぎ、男が暖簾の陰から出て来た。お店の者の見送りはない。男が歩き出した。

あの男です、と正次郎が伝次郎に教えようとすると、細く開けた障子窓の隙間から手が見えた。指が一本立っている。

「分かったんだ」唸っている正次郎の肩を、ぽん、と叩いて、鍋寅が地を蹴った。

「若、お先に」

御成街道を北へ、下谷広小路に向かって歩いていた男が、突然道を卯（東）の方に折れた。鳥居丹波守の上屋敷と小笠原信濃守の中屋敷の間の道だった。町屋は少なく、武家屋敷が続き、町屋の者は目に付いた。

鍋寅と正次郎が先頭を代わった。男が振り向いた。男は暫く後ろ向きに歩いてから、向きを戻した。

そこから東に六町半（約七百メートル）程行くと、藤堂和泉守の中屋敷に突き当たる。土塀に沿って半周回り、更に佐竹右京大夫の上屋敷を回り込むと、男は下谷七軒町を通って、新堀川に出た。

鍋寅と正次郎が順番を代えた。男が、また振り向いた。

新堀川は川幅二間半（約四・五メートル）余。男は幅二間（約三・六メートル）のこし屋橋を渡り、俗に森下と呼ばれている通りを抜けると、そこからは角毎に曲がりながら、吾妻橋の東詰にある桟橋に出、舟を雇った。

鍋寅、正次郎、伝次郎の順で桟橋に着いた。

「野郎、こんなところで舟に乗ろうってのかい」

「どういたしやしょう」鍋寅が訊いた。

「川の向こうかこっちか、どっちだ。仕方ねえ、舟に乗るぞ」

男の乗った猪牙舟が、今戸の方へと遠ざかっている。急いで空き舟に乗った。

「どちらまで」

「おう、今、言うから、取り敢えず出してくれ」

「へい」棹が桟橋をぐいと押し、舟が出た。

「前の舟に気付かれねえよう、尾けてくれ」

伝次郎が素早く船頭に一朱金を与えた。

「こんなに」

「無理を言うんだ。取っとけ。気付かれるなよ」

「餓鬼の頃から艫を漕いで来たんですぜ」

男の猪牙舟は今戸橋を酉（西）の方角に見て、更に進んで行く。

鳥影がいくつか、猪牙舟を避けて飛び立った。頭が白く、背が灰色をしていた。

「都鳥でございます……」船頭が言った。誰も聞いていない。船頭は口を閉ざした。

「この先は、橋場か……」伝次郎が腕を組んだ。

「橋場と言えば浅茅ヶ原、浅茅ヶ原と言えば鏡ヶ池。鏡ヶ池と言えば梅若丸、でやすね」鍋寅が得意げに言った。

「梅若丸？」正次郎が訊いた。

「都の高貴なお方の子・梅若丸が人買いにかどわかされ、この地に連れて来られたところで病に罹り、おっ死んだ。子供を探してここまで辿り着いた母親が、梅若の死を知り、鏡ヶ池に身を投げて死んだという悲しい話が伝わっているんでございやすよ」

鍋寅が話しているうちに、男の猪牙舟が桟橋に着いた。橋場町である。

「ここからだ。ぬかるなよ……」

「へい」

「気付かれねえよう、少し離れたところに着けてくれ」伝次郎が船頭に言った。

「承知いたしました」

男は金を払うと、素早い身のこなしで、舟から上がり、浅茅ヶ原の方へと歩み去って行く。

伝次郎らの舟が、桟橋近くの岸辺に着いた。舳先から飛び降りた鍋寅が、

「おっ」と言った。「野郎、梅若丸の方へと行きやすぜ」

「………」伝次郎の顔が、瞬間歪み、弾けた。

「先達、どうしました？」正次郎が訊いた。

「俺に構うな。見逃さねえように、野郎を見ていろ」

伝次郎が船賃を払い、岸を踏んだ。

「大丈夫ですか」

「身体の具合が悪いんじゃねえ。閃(ひらめ)いたんだ」伝次郎が歩き出しながら、左右にいる鍋寅と正次郎に言った。「お駒は大家に何と言って長屋を出た。梅がどうした、だったたな。あの時の梅は、梅の名所ではなく、梅若丸の梅、つまり梅若丸の言い伝えのある方へ、ってことだったんだ」

「では、ここらに？」

「間違いねえ。ここだ」伝次郎は言い切ると、見失うなよ、と男を顎で指した。

伝次郎らは、鍋寅を先頭に一列になった。

男は田楽茶屋に寄り、熱々のを買い求めると、手にぶら下げて再び歩き始めた。

浅茅ヶ原の脇を通り、総泉寺(そうせんじ)の寺領に隣接した百姓家に向かっている。

あれか……。伝次郎らが見守る中、男は通りから折れ、百姓家の戸を叩いた。

伝次郎らは、木陰に隠れた。人里離れた寮のようなところ、と考えていたが、そうか、百姓家だったか。気が付かなかったぜ。

「旦那」

「うむ」

見回した。離れたところにぽつんと寮らしい家があった。背後の森は、寺領なのだろう。

「見張り辛いところでやすね」

間もなくして、男が出て来た。

「お前はここに残り、誰か出て来たら、尾けろ。俺たちは男を尾ける」

伝次郎は正次郎に言い置くと、男の後を追った。

桟橋に戻った男は、舟をしつらえ、漕ぎ出していた。他に空き舟はない。

「ちょうど出払っておりまして」桟橋の男が、直ぐ来るから待つように、と愛想笑いを浮かべた。川に舟の影はない。これからでは、とても間に合わねえ。

「あの舟だが」と伝次郎が男の乗った舟を指さした。

「何か」

「あの船頭を気に入ってたんだが、名前は何と言ったかな」

「米七（よねしち）でございます」

「ありがとよ。また、出直すぜ」

米七に聞けば、男が下りた場所は分かる。今は、それでよしとするしかねえ。

伝次郎と鍋寅は正次郎の許に戻ることにした。

「動きは？」

「ありません」

伝次郎は、舟が出払って追えなかったことを正次郎に話してから、鍋寅に切紙（きりがみ）を持っているか、と訊いた。

切紙とは、己が町方の手の者だと証すための半切（はんきり）の紙のことで、同心の名と手先である己の名が記されていた。

「持っておりやせん」

正次郎に身分を示すものを持っているか、訊いた。なかった。

「仕方ねえな」

正次郎と鍋寅に見張らせ、伝次郎は名主の家に向かった。名主から、百姓家と寮の持ち主を聞くためである。

戻ると、木陰の人影が増えていた。橋場まで足を延ばして来た房吉と隼と半六を、正次郎が目聡く見付けたのだった。

「出入りは？」

「ありやせん」

伝次郎は名主から聞いたことを手短に話した。

「あの家は七十年くらい前からあり、住んでいたのは五助という百姓だった。五助当人は既に亡い。倅と娘が三人ずついたが、倅ひとりと娘ふたりは幼くして死に、残った倅のひとりは嫁を取ると、家を出て橋場で暮らしていたが、間もなく死んだ。嫁と子供は、その後行き方知れずになったそうだ。娘は嫁いだが、嫁ぎ先で死んだ。五助の女房が川に嵌って死んだ頃、それまで家を出ていた次男が戻って来て、今はひとりで暮らしているらしい。名は丑松。年は六十六。戻ってくるまで、どこで何をしていたのかは分からない、ということだ」

「今の稼業は？」

「それも分からないらしいが、食うや食わず、という様子でもないという話だ」

「何で稼いでいるか、ですね」

「戸が開きました」房吉が言った。

髪の半ばが白くなった男が庭に出て来た。丑松なのだろうか。庭の畑から何かを引き抜いている。大根のようだった。

「旦那」

鍋寅が食い入るように見詰めた。伝次郎も見ている。

「………」鍋寅が首を傾げ、唸った。「どこかで、見たような……」

「気がするな。どこだ？」伝次郎が答えた。

「あんな奴、引っ括ったことがございやしたか」

「俺もそれを考えていたんだが、あるような、無いような」

「でも、確かに見ておりやすよね」

「と、思うが……。どこだ。俺とお前に見覚えがあるのだから、御用に関わる奴なんだが」

ふたりは暫く唸っていたが、やがて首を横に振った。

男が、ひとつ伸びをして、家の中に入って行った。

それを見定めた伝次郎が、矢継ぎ早に命じた。

「正次郎は、鍋寅と半六とともに、ここに残れ。房吉と隼は一足先に見張り所に戻り、皆に話しておいてくれ。俺は寮の持ち主んとこに行き、借りる許しを受けてから、その足で見張り所に行く」

聞いた通りだ、と伝次郎が正次郎らに言った。

「見張り所の者を寄越すから、暗くなり始めたら寮の前で待て。何があっても、火は灯すなよ」

「晩飯もお願いいたします」

「正次郎、お前は皆が合流したら帰れ。明日は奉行所に出なくちゃならねえだろう」

「寮から出仕いたします」

「まだ大きな動きはないはずだ。無理しなくともよいぞ」

「何を仰しゃいますか。これは吉三親分の仇討ちではないですか。おめおめと組屋敷なんぞで寝てられますか」

「ありがとうございます」隼が頭を下げた。

「いいえ、当然のことです」

「そこまで言ったんだ。飯を食い終えて寝てみろ。承知しねえぞ」

「……はい」

と答えたところで正次郎は、怪しいのを見付けたら二分くれる、という約束を思い出したのだが、思い出せない。目の前に隼がいた。とても言い出せない。伝次郎も覚えていそうになかった。肩を怒らせて船着場の方へと小走りになっている。諦めることにした。

橋場の船着場に着いた伝次郎は、船頭の米七がいるか、訊いた。

「今さっき、出たところで」

「そうか。一艘頼む」

「船頭は？」

誰でもよかった。木っ端を集めて焚き火をしている者たちの顔を見た。来る時に一朱金を与えた船頭がいた。指さそうとすると、船頭の方で伝次郎に気付き、周りの者を押し退けるようにして進み出て来た。

「また、頼むぜ」

舟が大川に出た。

「旦那、あれからずっとこちらに？」

「そうだ」

「ご苦労様で」

「俺たちは足で稼いでおまんまを頂戴しているんだから、文句は言えねえ」

「仰しゃることもご立派でございやすね」

べんちゃらを聞いている暇はない。

「米七って船頭がいるな?」

「へい……」声音が沈んだ。仲間を売れ、とでも言われるかと思ったらしい。

「間違えるなよ。米七は何もしてねえ。乗せた客のことが知りてえだけだ。さっき客を乗せたそうだが、今頃どこにいるか、分かるか」

「見当なら付きやす」

「連れてってくれ。それが済んだら、御厩河岸だ」

御厩河岸の近くに寮の持ち主がいた。

「急いでくれたら、礼は弾むぜ」

舟の舳先が白波を切った。

三

暮れ六ツ(午後六時)を過ぎた頃――。

伝次郎が算盤屋の二階に設けた見張り所に帰り着くと、皆が揃っていた。

「お疲れでございましょう」近が、温かく淹れた茶を差し出した。

立て続けに二杯飲み、ふっ、と息を吐いて、

「寮は借りられたぜ」と言った。「あまり使っていないから、いつまででもい い、とよ。今夜から詰めるぜ」

「房吉と隼から聞いた。まずは、凄い進み具合だ。いよいよだな」染葉が身を乗り出した。

「まだ、ある。男が舟を下りたのは、竹町の船着場だ。船頭から聞き出した。その時に、俺はとんでもねえことに気が付いた。男の年格好だ。四十絡みだったんだぜ」

「すると、朝っぱら竈屋を訪ねた奴と、同じ年頃なのだな」染葉が言った。

「そうだ」

「まとめるぞ。男が仲間のところに戻ったのか、塒に帰ったのかは分からねえが、竹町だから本所のどこか、と《高麗屋》と百姓家。この三カ所で悪いのが蠢いているってことだな」

「何の証もねえが、当たっていりゃそうなる」

皆の顔が、俄に晴れやかになった。的が絞れ始めたのだ。

「丑松だが、思い出せぬのか」染葉が責付いた。

「俺も苛々してるんだ。この辺に」と伝次郎は胸を叩いた。「何か詰まっているようで気持ちが悪いぜ」

「焦るな。必ず思い出せる」

「そうだといいんだがな」

「よし。取り敢えず今夜から寮に詰める者を決めるぞ」染葉が皆の顔を見回しながら言った。

「あっしは、毎日詰めさせていただきます」房吉が言った。

「ご同様で」多助が言った。

「そうか。助かる」

「私も、詰めさせていただきます」河野が言った。

「河野と染葉と俺は、百井の手前、数日置きでいいから、交替で奉行所に顔を出さねえといけねえぜ。報告があるからな」

染葉と河野が顔を見合わせ頷いた。

「皆の言う通りにしていると、寮が人で溢れてしまう。今夜からは、俺と房吉が詰めることにする。後は適当に出入りをすればよかろう。先は長そうだしな」染葉が言った。

「ここの見張りは、どういたしましょう？」河野が言った。

「ここか」染葉が皆を見回した。

「卯之助んところの若いのを使えるか、新治郎に訊いてみよう。少しは手伝わせた方が顔が立つだろうしな」

「面を知らんだろう？」

「正次郎が怪しいと睨んだくらいだ。御用聞きの目なら見逃さねえよ。年格好を教えておくしな」

「では頼む」染葉が一座を見て言った。「明日になったら、百姓家の辺りを回り、駒がいたか探ってくれ」

「頼むぜ」と伝次郎が言った。「こんな時に済まねえが、俺はもう二、三日は嫁がうるさくてな。今夜のところは帰らせてもらう。それに、今日は久し振りに動き回ったので、いささか疲れた」

「ご苦労様でございました」

多助と房吉が、素早く頭を下げた。隼が慌てて倣った。

「私は？」近の問いが、伝次郎の背を追った。

「ここから先は、任せてくれ」染葉が答えた。

「いいえ旦那、例えばですよ、今まで人の気配がしていなかった寮に、あれこれ人が出入りしている。丑松に変に思われやしませんか」

「確かに、それはある。だから、悟られぬよう気を付けるのだ……」

「考えてみてください。私が、その丑のところに行って、今度寮に人が住まうことになりまして、下働きになった近でございます。以後よろしく、と挨拶しておけば、こそこそしないで出入りが出来ます。この役は、他のお方では怪しまれるかもしれませんが、私のようなのが行けば、疑われることはありません。いかがですか。それに、風呂を沸かしたり、食事の用意をしたりするには、私がいた方が重宝ではありませんか」

「堂々と明かりも灯せるしな。染葉、お前の負けだ」伝次郎が言った。

「分かった。頼む」

「それでは、私も今夜から参ります」

「向こうで腹を減らしているのがいるから、美味いものを食わせてやってくれ」伝次郎が近に、これを、と懐から金を出し、渡した。「これだけあれば、四、五日は食えるだろう」

「十日や半月は食べられますよ」

近が押しいただいた。

伝次郎は、河野と真夏とともに裏木戸から見張り所を出た。

神田川を渡る川風が、羽織と裾を弄び、吹き抜けていった。

「今年の暮れは寒そうだな」

「大寒を前にして寒そうだと思ったら、年を取った証だそうですよ」河野が言った。

「言い直す。暖かになりそうだ」

「遅いです」真夏が言った。

伝次郎は笑おうとしたが、歯に風が沁みた。首を竦め、足を速めた。

《寅屋》に着いた。家の中は暗かった。

「組屋敷まで送ってくれるると助かるんだが」伝次郎が真夏に言った。「人が両側にいてくれねえと、寒くてしようがねえ」

「承知いたしました……」

「序でに、家で飯を食ってくれねえか」

「はい？」

「正次郎がいてくれればよいのだが、ひとりで食うとなると、どうも食いづらくてな」

「いきなり私が行っても大丈夫でしょうか」

「正次郎の分がある。あいつは二人前食べるから、丁度いい」

二ツ森家の組屋敷の前で、河野と別れた。河野の屋敷は、八丁堀に程近い、南の外れにあった。

木戸を押すと、音を聞き付けて伊都が玄関に現れた。

「お帰りなさいませ」

「急なことで済まぬが、客がひとりいる。真夏だ。飯を食わせてやってくれ」

「それならば、ご馳走を作りましたのに」

「いつものもので構わないぞ。何しろ普段は、隼が作ったものだからな」

「まあ」伊都は真夏と目を見合わせて笑った後、伝次郎の後ろを見た。正次郎を探しているのだろう。

「今夜は帰らぬ。見張りに置いてきた」

「どこで、ございます？」

「浅草の方だが、染葉や鍋寅たちと一緒だ」染葉の名が出たので、安心したらしい。伊都は頷くと、台所に入った。

伊都がくりくりと動いている間に、伝次郎と真夏は台所の隅で嗽(うがい)をし、手と足を洗った。

「さっぱりしました」

伝次郎と真夏が客間に入ったところに、新治郎が帰って来た。

「ちゃんと早めに帰って来るとは、感心ですね」伝次郎に言ってから、真夏に挨拶をしている。

「堅っ苦しいのは抜きだ。新治郎、話がある」

「お客様に対して失礼ではございませんか」

「俺の話を聞いてみろ。失礼なんて言葉は出ねえぞ」

新治郎が真夏を見た。真夏が頷いて、出ません、と言った。

「何があったのです？」

伝次郎は、《高麗屋》を訪れた男を尾けたところから話を始めた。

「百姓家に今夜から見張りを付けた。正次郎も泊まりだ」

「百井様にお伝えせねば」色めき立つ新治郎を、伝次郎が手を上げて制した。

「明日でよいわ。どうせ、てめえでは動かぬのだ」

「父上、またそのようなことを」

「病み上がりなのだ。大きい声を出すでない」

 それよりも、と伝次郎は卯之助の手下を貸してくれるように頼んだ。手が少し足りないのだ。新治郎は、一も二もなく引き受けると、明朝から詰めさせると確約した。

「助かるぜ。やってもらいてえのは、《高麗屋》の動きと、訪ねて来た四十格好の男の行き先を摑むことだ。人相は明朝詳しく教えるからな」

「承知いたしました」

　そこに、お待たせいたしました、と伊都が膳を運んで来た。

「真夏さん、何もございませんが」

　白身魚の煮付けと豆腐の味噌汁に、香の物が添えられていた。煮魚と味噌汁からは盛大な湯気が立ち上がっている。

「いただきます」真夏が箸を手に取った。

　夕餉が済むと、

「私は、これで」と真夏が伝次郎と新治郎に言い、伊都に夕餉の礼を述べた。

「お泊まりには、なられぬのですか」新治郎が驚いたように訊いた。

「そうですよ。何もこれから戻られることは」伊都が言った。

「泊まれ、泊まれ」伝次郎が言った。

「隼さんは、《寅屋》に？」伊都が伝次郎に訊いた。

「今夜は、徹夜で見張りだ」

「でしたら、どうぞ。本当にどうぞ」伊都が言った。

真夏が、膝に手を当て、丁寧に頭を下げた。

十一月二十六日。六ツ半（午前七時）を四半刻（約三十分）過ぎた頃――。

朝餉を終えた伝次郎と真夏は、仕度を整え、組屋敷を出た。

卯之助と手下には、既に人相など話は伝えてある。「お任せを」という卯之助の心強い言葉に、意を強くしている伝次郎であった。

それにぐっすり寝たせいか、昨日の疲れは取れていた。身体が軽い。

「昨日は風呂に入れなかったから、一風呂浴びてから行くか」

「よろしいですね。お供いたします」

「よし。行こう」

伝次郎は、途中で損料屋に寄り、手拭二本を借りた。町回りが役目であるので、常に手拭は懐に持ち歩いているのだが、まさか濡れた手拭をぶら下げて歩く訳にもいかない。伝次郎は二本分の代金五十文を払った。使い終えて返すと、四十文が戻る。つまり手拭一本を五文で使えるという仕組みであった。

手拭を手に、伝次郎は神田塗師町代地にある湯屋《かえで湯》に真夏をともなった。二階から見る楓川は中々乙な眺めで、伝次郎は気に入っていた。

「細かい銭は持ってるか」

「はい。沢山ございます」

表入口で真夏と別れ、伝次郎は男湯の戸を開いた。

「らっしゃい」高座に座っていた番頭が伝次郎に気付き、あれ、と言った。「旦那、どちらへ」

伝次郎は湯代十文を払い、今日はこっちで構わねえよ、とぶっきらぼうに答えた。

「混んでますよ」

真夏が湯代と糠の代金四文を払い、備え付けの糠袋に入れながら、

「私なら平気です。どうぞ」と言った。

「いや……」

「こちらは、がらがらですよ。どうぞ」

あっけらかんとしている。これ以上断っては、気にしているようで却っておかしい。

「そうか……」

伝次郎は、高座前の潜り戸から女湯に抜け、脱衣籠を手にした。

刀懸けに大小の刀を置いていると、真夏が糠袋の細紐を前歯で銜え、頭の後ろでひとつに結んでいた髪を解いている。

伝次郎は急いで羽織を脱ぎ、帯を解いた。真夏を見た。髪を丸めて結い上げ、袴の帯を解いている。

伝次郎は着物と褌を脱ぎ捨てると、手拭を手に流し場に移り、岡湯を浴びた。まっさらな湯が、肌に弾けた。目が覚めた。桶に汲み、顔を洗っていると、脇で真夏が湯を浴び始めた。

白くなめらかな肌に湯が伝い流れている。

伝次郎は石榴口を潜り、湯船に沈んだ。真夏が入ってきた。こりこりとした乳房が斜に交わした腕の間からこぼれている。伝次郎は真夏に背を向け、目を閉じた。

真夏がそっと身を沈めた。湯が小さく揺れて騒いだ。

静かだった。

隣の男湯の話が耳に届いてきた。

嫌だねえ。

どうしたんだよ？

昨日、牢屋敷からお調べのため、奉行所に引き連れられて行くのに出会したんだけどよ。見られた図じゃなかったぜ。

「…………」伝次郎の心の奥で、何かが騒いだ。

「いかがなされました？」

伝次郎は、唇に人差し指を立てると、板壁に耳を寄せた。

気の毒というより、ああはなりたくねえなってよ。おめえなんて、お縄になり易いんだから、気ぃ付けてくれよ。

てやんでえ。

「……思い出した」伝次郎が真夏に向き直って言った。「あいつは、下男だ。間違いねえ」

「はあ？」じゃねえ。早く出ろ。出掛けるぞ」

「はい」ざぶっと、目の前で真夏が立ち上がった。目の前を白い身体が塞いだ。

あっ、と伝次郎は叫んで、石榴口を見た。今己らがどこにいるのか、思い出した。

「いや」と伝次郎は顔を洗いながら言った。「慌てることはねえ。敵は逃げねえ。温まってくれ」

真夏が再び湯に浸かった。

伝次郎は、真夏との間合を取り、下男の役目を話した。

「牢屋同心の下で、牢内のさまざまな用事をしたり、刑の手伝いをするのが役目なんだ。分かるか。拷問(ごうもん)に石抱(いしだ)きってのがあるが、石を載せるのは奴らだし、敲(たた)きの時、罪人の手足を押さえ付けるのも奴らだ」

「声が大きいです」真夏が湯を掻き分けるようにして近付いて来た。

「そんな毎日の中では、首を斬られた死骸の始末を目にすることもあるだろう。だから、腸(はらわた)の抜き方なんてのを、見よう見真似で覚えたんじゃねえか」

「成程、分かりました」目の前で真夏が頷いている。

「そうか」伝次郎は、壁を景気よく叩いた。熱い湯が出て来た。真夏が悲鳴を上げた。

「これは、熱いです」

「まだだ。まだ湯が肌に嚙み付いちゃいねえ」

真夏が湯船から飛び出し、石榴口の外に出た。沽券にかけても、直ぐ出る訳にはいかない。凝っと我慢していたが、堪らず伝次郎も飛び出した。

糠袋で身体を洗いながら真夏が、百井様への報告は、と訊いた。

「後だ」

真夏が歯を覗かせた。

「俺は先に上がるが、ゆっくりでいいぜ」

# 第五章　花島太郎兵衛（はなしまたろべえ）

## 一

伝次郎と真夏は江戸橋を渡り、元浜町から両国広小路に抜け、両国橋のたもとから舟に乗った。

橋場の田楽茶屋で土産を買い求め、見張り所の寮に向かった。

ふたりが着くと、寝ていた房吉と鍋寅が起き出して来た。河野は既に来ており、茶を飲んでいた。

染葉に昨夜からのことを訊いた。百姓家に目立った動きはなかったらしい。近に、丑松のところに挨拶に行ったのか、訊いた。

「お指図があるといけないので、お見えになってからと思い、お待ちしておりましたが、行ってまいりましょうか」

「皆に話すことがあるんだ。その後で行ってくれ」

「承知しました」

「何だ？」と染葉が訊いた。

「分かったんだよ。あの野郎が、誰か。見覚えがあるはずだ。小伝馬町にいた下男だ」

ああああっ、と鍋寅が掌を打ち付けながら叫んだ。そうだ。そうだ。間違いねえ。

「下男の顔までは覚えておらぬな。どうだ？」染葉が河野に訊いた。河野が、私もです、と答えている。

「こう言っては何ですが、あの者らは影のようなものでしたからね」

「口を利いたこともなかったぜ」染葉が、伝次郎を見た。

「大概はそうでやすよ。それなのに、よく思い出されやしたね。どこで、です？どこでどうして思い出したか、教えておくんなさい」

「そんなことは、どうでもいいじゃねえか。うるせえ男だな」饒舌になっていく己を後ろめたく思いながら、伝次郎が吠えた。「まだまだ、ど頭ぁしっかりしているからな。忘れねえんだよ」

「調子のよい奴だ」染葉が、そっぽを向きながら言った。「それにしても、そうか、下男か。思い付かなかったな……」

「もし丑松が胆を抜いているとすると、牢屋敷で覚えたのでしょうね」河野が言った。

皆の後ろで聞いていた近が、お役目のことに口に挟むようですが、と言って進み出た。

「今、ふと思い付いたんですが、お駒さんは、多分あの家で手伝いをしていたんですよね」

「そうだろうな。まず間違いはねえが」

「でしたら、私がお駒さんの代わりに手伝いに入れないでしょうか。それが丑松を調べる一番の早道でしょう」

「何を言うのだ。相手は、胆を抜き取っているかもしれぬ者なのだぞ。どんな目に遭わされるか分かったものではない」染葉が叱り付けた。「伝次郎も言ってやれ」

「えれえ。よく気が付いた。その手があった……」伝次郎は腕を組み、目を閉じた。

「正気で言っているのか」染葉が目を剝いた。

「危ねえでやすよ」鍋寅が伝次郎に詰め寄った。

「分かっている。お近は藤四郎だ。そんな真似はさせられねえ」

「では、どうするのだ？」染葉が訊いた。

「話す前に」伝次郎が近に言った。「丑松んところに行って、昨日の手筈通り挨拶をしてきてくれ。余計なことは言わなくていいが、中に女っ気があるかどうか、探ってくれると助かる」

「分かりました」

こいつは手土産に使ってくれ。買ってきた田楽を差し出した。

近は襷を外し、くるくると丸めて袂に入れると、田楽の包みを提げて裏から出て行った。

「何かあるといけませんので、見ております」房吉が身軽に立って裏に消えた。

「で、どうするのだ？」染葉が、改めて問うてきた。

「いるじゃねえか。ぴったりのが」

「誰だ？」

「太郎兵衛だ」伝次郎が小さく笑った。

「……花島太郎兵衛か。こいつは驚いた」

「花島の旦那、ですかい？」鍋寅が訊いた。

「どんなお方なの？」隼が鍋寅の袖を引いた。

「あの旦那は難しいお方でな、よっぽど親しくならねえと、口も利いてくれねえんだ。俺なんざ、話したことがねえから、何とも言えねえな。多助さんは？」

「確か……」と言おうとした多助を止め、伝次郎が言った。

「そいつは、見てのお楽しみにしてくれ」

「問題は、あの太郎兵衛が頷いてくれるかどうか、だな」

言い終わった染葉が、口をへの字に結んでいるところに近が、遅れて房吉が戻ってきた。

「どうだった？」

「造作もないことでした」

「女はいそうだったか」

そのような気配はなかった、と近がきっぱりと言った。

よしっ、と伝次郎が言った。

「来たばかりだが、奴をくどきに行くぜ。染葉も頼む。多助もな」

伝次郎は、ふたりとともに組屋敷に向かった。

橋場から舟に乗り、八丁堀屋敷近くの霊岸橋のたもとで下りた。

元定廻り同心の花島太郎兵衛は、今年六十八歳。伝次郎、染葉とは同い年になる。家督を倅の金吾郎に譲り、地蔵橋南詰にある組屋敷で隠居暮らしをしているはずだった。

花島家の木戸を押した。手入れがよいのか、作りがよいのか、滑らかに開いた。この木戸を押すのは、六年振りくらいになる。

「御免。二ツ森伝次郎だ」

玄関で大声を張り上げると、金吾郎の嫁の廉が現れ、式台に手を突いた。

「太郎兵衛はいるかい」

「出ておりますが」

「いつ帰る。いいや、待てねえ。どこに行った？」

「あの……」言い淀んでいる。

「歯切れが悪いな。どうした？」

「花島と、口喧嘩をいたしまして、ここを出て、町屋で家を借りて暮らしております」

「いつからだい？」

「もう、かれこれ三年になろうか、と」

「それは、あの癖のせいで？」

「はい。四、五年前から更にひどくなり、体面があるので控えるように、と花島が言ったところ、ひどく怒りまして」

「ご妻女は？」

「義父とは暮らせぬと申して、私どもと一緒におりますが」

「太郎兵衛の住まいを教えてくれぬか」

「……私の一存では、お答え出来かねまする」

「そんな暇はねえんだ。鬼畜のような奴らをお縄にするには、どうしても太郎兵衛の力が要るんだ」

　廉は、結んでいた唇を解くと、はい、と答えた。

「深川は仙台堀を下った亀久橋（かめひさばし）南詰大和町（やまとちょう）です」

「名は、変えているのか」

廉が小声でその名を明かした。

「助かった。金吾郎殿に、よしなにお伝えくだされ」

組屋敷を出た。空が青く高い。その青く高い空も、たちどころに暗くなる。

冬場は、日があるうちに、素早く動かなければならない。

湊橋(みなとばし)で舟を雇い、大川を横切り、仙台堀に分け入った。上ノ橋(かみのはし)を通り、海辺橋(うみべばし)を潜る。次が亀久橋である。下りると、目の前は大和町であった。目指す花島太郎兵衛の借家は、直ぐに見付かった。

「いるかい？」

「はい……？」嗄(しわが)れている。老女の声だった。

品のよい面長の老女が玄関口に現れた。眉を剃り、鉄漿(おはぐろ)をつけ、丸髷に結い上げている。髷には白いものが混じっていたが、一筋の乱れもない。目を大きく見開いて訪(おとな)った三人を見詰めている。

「太郎兵衛、いい女っぷりじゃねえか」伝次郎が言った。

「たまげたぞ。どこから見ても﨟(ろう)たけた奥方様だ。大奥総取締という感じかな」

染葉が唸って見せた。

「からかいに来たのか」一睨(ひとにら)みしてから、おもむろに口を開いた。「ここを誰に訊いた？」

　そして、伝次郎らの答えを待たずに、「愚問だな」と言った。「倅か、倅の嫁か」

「嫁さんの方だ」

「余計なことを」

「生え際が、鬘とは思えねえが」染葉が目を近付けた。

「地毛だ。総髪にして髱を入れ、結い上げたのだ。そんなことを言いに来たのではあるまい。用は何だ？」

「頼みがある」伝次郎が言った。

「噂で聞いたことがある。永尋掛りとかで再出仕したそうだな。そのことでか」

「図星だ」

「断る。俺は、もう捕物に関わりたくない。この暮らしを続けられれば、それでよいのだ」

「そう言うな。聞くだけ聞いてくれ」

「帰れ」

「子供をかどわかして生き胆を抜いている奴どもがいる。俺たちが定廻りをしていた頃も、誰にも悟られず、ずっとな」

握った拳が白くなっている。太郎兵衛がくるりと背を向けて言った。

「……上がれ」

伝次郎と染葉が太郎兵衛の後に続いた。多助は、上がらずに式台に腰を下ろし、庭先に目を遣っている。お前も来い。その言葉がなければ、上がらない。手先とはそういうものだ、と多助は心得ていた。

「俺たちが見回っていた時分も、というのは実か」

太郎兵衛が訊いた。これまでの調べで分かったことを伝次郎が話した。

「俺に何をやらせたいのだ？」

「丑松の手伝いとして、橋場の家に入ってもらいたい」

「……女として、か」

「勿論だ。お駒の代わりだからな」

「うむ……」

太郎兵衛が考えている隙を衝いて、伝次郎が言った。

「その咽喉仏を何とかせんとな。目に付くぞ」

「無理を言うな。これは、何ともならぬだろうが」

「布を巻けば、よいではないか」染葉が言った。「咽喉をやられていると言えば、声も誤魔化せるしな」

「待て」太郎兵衛が言った。

「待っている暇はねえんだ。やる、と言え」

「身形は、こんなものか」染葉が、伝次郎に訊いた。

「いや、少し汚れてもらわぬとな。何しろ行き倒れで入り込むのだからな」

「行き倒れ、だと……」太郎兵衛の声が尖った。

「俺が使っていた神田鍋町の寅吉、覚えているか」

「そんなのがいたな」

「あいつの家で、身形を整えよう。行こうぜ」

「まだ、やるとは答えておらぬぞ」

「太郎兵衛、お前は骨の髄まで定廻りよ。てめえが見回っていた時に見抜けなかった一件だ。放っておけるはずがねえ」

「汚い奴らだな、お前たちは」

「諦めろ。伝次郎からは、逃れられぬ」染葉が言った。

「片付くまで、どれくらいかかるのだ」

「そうよな、半月から一月は見てくれ」

「それだけ留守をするとなると、空き巣に入られることもあり得るからな。着物と帯など、好みのものを預かってくれるか」

「引き受けよう」

「少し待て、用意をする」

太郎兵衛は箪笥を開けると、風呂敷の上に畳紙に包まれた着物を重ね始めた。

「外にいるぜ」

足音とともに伝次郎と染葉が玄関に現れた。多助が立ち上がって、迎えた。

伝次郎が小さく笑って多助を見た。多助も、同じ顔をして伝次郎を見た。

「手伝ってやってくれ」

多助が履物を脱いで、奥へと向かった。

「俺と太郎兵衛は」と伝次郎が、染葉に言った。「四、五日鍋寅のところにいてから、橋場に行く」

「鍋寅の家に泊まるのか」

「他にねえだろう。橋場にいるところを見られたら元も子もねえしな。鍋寅に家を借りる、と言っておいてくれ」

「よいのか。二、三日はおとなしくしていなくて」

「それどころではなくなった」

「分かった。誰か送るか」

「鍋寅を寄越してくれ。丑松と話す時のことを考えて、稽古させておきたい」

「承知した」

「では、俺たちは組屋敷に寄ってから鍋町に行く」

「俺と多助は、橋場に戻る」

「舟で行ってくれ」懐に手を入れると、染葉が止めた。「倅がな、足らぬだろうからと探索の費えをくれたので潤っている。案ずるな」

伝次郎は前屈み（まえかが）になり、小声で言った。

「お互い、よかったな」

二度と言い付け魔なんて言えねえな。

半刻（約一時間）余の後、伝次郎と太郎兵衛は、八丁堀の組屋敷にいた。

「ものは序でだ」と伝次郎が、二ツ森家の木戸に手を掛けながら言った。「女を騙せる（だま）か、見るからな」

伝次郎は木戸をぐいと押すと、玄関口で伊都を呼んだ。

「お帰りなさいませ。ご気分でも？」

「ご気分は、すこぶるよいぞ」

「でしたら……」

言ってから、伝次郎の背後にいる太郎兵衛に気付き、尋ねた。

「こちら様は？」

「言ってやれ」

「申し遅れました。花島太郎兵衛の妻、花でございます」

「花島様と仰しゃられると、元定廻り同心の……」

「左様でございます」

「いつも義父がお世話になっております。ささっ、お上がりくださいませ」

「そんな暇はねえんだよ」突然、花の口調が伝法なものに変わった。「捕物でな」

「…………」伊都が口を開けたまま、固まった。

「伊都、こいつは男だ。女に化けたんだが、分かったか」

伊都の首が激しく左右に振られた。

「よし。では」と太郎兵衛の手から風呂敷包みを取り上げ、式台に置いた。「これを預かっておいてくれ。それからな、俺は今夜から暫くの間、鍋寅の家に泊まるので、ここには帰れねえ。いいな」

伊都が首を縦に振った。

「後ひとつ。明日か明後日、序での時でいい。鍋寅の家に来るように、新治郎に伝えておいてくれ」

伊都が、もう一度首を縦に振った。

「いい子だ」

伝次郎らは、柳原通りの古着屋で、一番粗末な着物に帯や襦袢などを一揃い求め、神田鍋町の《寅屋》に入った。

「着替えてくれ」伝次郎が買ってきたものを畳に置いた。

「こんなものにか」着物を蹴飛ばすようにして太郎兵衛が言った。

「仕方ねえだろ。行き倒れなんだから」

「引き受けるのではなかったわ」

「取り敢えず今日は近間で済ませるが、明日から三日ばかりは、寝させねえばかりでなく、遠出をしてもらうぜ。汗を掻き、着物をどろどろにして、身体も垢塗れにしないといけねえしな」

「最悪の心持ちだ」

太郎兵衛は着替えると、化粧を落とした。

「近間とは、どこだ？」

「そうよな。悪所でも見て回るか。浮世の垢も付くだろうしな」

夕方、《寅屋》に戻ると、鍋寅がいた。

「間違いねえ。花島の旦那だ。でも、言われなければ、分かりませんぜ」

「あれま、そうですか」太郎兵衛は、すっかり女言葉になっている。

「あの、あっしどもが知っていた花島の旦那の頃から、このようなお姿を？」

「探索のためと称して、したことがあったのですが、それを妻や倅が嫌がりましてねえ。それは嫌な目で見られたものです」

「さいでやすか」鍋寅はぐるりと見回してから、何でやすね、と言った。「旦那だと知らなければ、ぶるっと来そうな程、いい女でございやすよ。何か、こう、死んだ女房とあの世で出会ったような」

「あたしゃ幽霊かえ？」

「とんでもござんせん」

「ありがと。何も出ませんよ」

「鍋寅、旦那じゃねえ、お花さん、お花さんだぞ」

「さいでやした。お花さん、湯を沢山沸かしやすから、行水でもなさいやすか。汗を掻かれたでしょう」

「風呂は抜きだ」太郎兵衛が男の口調に戻った。「行き倒れになるためには、汚くなければならぬのだそうだ」

「成程」感心している間に、伝次郎に伝えることがあったのを思い出した。「そうだ。旦那、って二ツ森の旦那」

「何だ？」

「お駒によく似た女が丑松の家にいるのを見た、という者が出ましたぜ」

「いたか」

「近くの百姓です」

「間違いねえ。あそこで餓鬼を殺し、胆を抜いていたんだ。お花、早く汚れてくれよ」

「あいよ」太郎兵衛が、科を作った。

伝次郎は寒気がしたが、鍋寅は違うらしい。歌舞伎役者を見るように、目を輝かせていた。

十一月二十七日。

この日太郎兵衛は、鍋寅を供に四ツ谷の大木戸から内藤新宿を抜け、幡ヶ谷、和田、和泉辺りまで足を延ばした。冬枯れの街道を歩いたことで、太郎兵衛の足は汚れ、汗と埃で縞模様になった。

夕刻新治郎が卯之助と来たので、太郎兵衛を潜り込ませる策について半刻程話し、次は寮の見張り所に来い、と追い立てて帰した。

翌二十八日、太郎兵衛は非番の正次郎を伴い、品川宿からぐるりと目黒不動を回った。太郎兵衛を汗と垢で汚した上、飢えさせなければならないので、途中の飲食は厳禁であった。正次郎は一日で音を上げた。

二十九日は伝次郎が供に付いた。お情けに蕎麦を一枚与えただけで、一日中歩かせ、夕刻《寅屋》に戻った。

「汚れたな。汗くさいし、立派に行き倒れになれるぞ」伝次郎が身体を引きながら言った。「後は、明日のために寝ぬことだ」

「食うものもなく、身体も拭けず、苛々だけが募る。これで眠れると思うのか」

「付き合うぜ」伝次郎は手内職の道具を広げた。「指先を動かしていると、眠らずに済むからな」

紙片と糊(のり)と刷毛(はけ)を見て、太郎兵衛が訊いた。「紙風船か」。当たっていたらしい。伝次郎は頷くと、安心しろ、と言った。「手間賃は、もらっといてやる」

そして三十日になった。

太郎兵衛は、通行手形と着替えを入れた風呂敷包みを、腰に括り付けられた。

通行手形は、染葉の倅・鋭之介の労作で、三十年前に発行されたかのような古びが付けられていた。

昼頃隼と半六が、丑松の家に他人(ひと)が入っている様子がないことを知らせに来た。

「お駒の代わりは見付かってねえ。今夜が勝負だぞ」

伝次郎は、太郎兵衛に丑松の人相を詳しく話すと、丑松が住む百姓家と寮の絵図を描いた。

「丑松の家と俺たちのいる寮との間に、藪(やぶ)がある。そこには、真夜中だろうが、必ず誰かが詰めるようにする。何かあったら、そこに逃げろ。いいな」

午後になり、太郎兵衛はひとりで鍋寅の家を出、橋場へ向かった。

よろよろと歩き、鏡ヶ池の辺りをぐるぐると回って、時を過ごした。

やがて夜になった。ひどい空腹が太郎兵衛を襲った。

何で、こんな目に遭わねばならぬのだ……。涙が頬を伝った。

掌で拭うと、頬がこけているのに気付いた。舌打ちしたいところだったが、それすら億劫（おっくう）な気がした。

夜中。遠くの空が薄ぼんやりと明るい。吉原の灯火（あかり）だった。

すごいものだな。

誘われるように歩き出し、丑松の家の近くの道端に出た。そこで、精も根も尽き果てて、腰からずるずると座り込んだ。座っているのにも耐え切れず、横になり夜空を見上げた。星の瞬きがぼやけた。土の中に引き摺（ず）り込まれるような眠気の中で、畜生、と太郎兵衛は呟いた。伝次郎の奴、覚えておけよ。

## 二

十二月一日。

「おい」太郎兵衛は肩を揺すられて目が覚めた。眩（まぶ）しい。朝になっていた。

男の顔が空に貼り付いている。

こいつが丑松か。言われた通りの顔をしていた。

「どうした？　具合でも悪いのか」

「このまま、死なせてください……」

「他人んちの前で勝手なこと言ってんじゃねえよ。それとも何だ、病持ちか」

「いいえ、ここ何日も食べてなくて……」

「お前さん、身寄りは？」

「そんなものがあれば、こんなことには、なっちゃおりませんよ」

「違えねえ」

丑松の目に鈍い光が宿るのを、太郎兵衛は見逃さなかった。

「まあ、付いて来な。何か食わせてやる。それにしてもお前さん、におうな。足も糞掻き棒のようだし、江戸には知り合いもいねえのかよ」

「ただのひとりも……」

「苦労したんだろうな」

「別に。ただね、どこに行っても嫌われましてね」

「俺もそうだった。歩けるか」

「遠くは嫌ですよ」

「他人んちの前だと言っただろうが。目の前だ。そこの家だ。朝飯を作っているところだ」

「はい……」腹の虫が鳴った。

また太郎兵衛の腹の虫が鳴った。

「やだよ、恥ずかしいよぉ」

「気にするねえ。生きてる証だぁな」

引き起こされ、家の戸を潜った。薄暗い土間に続いて囲炉裏のある板敷きの部屋があった。

自在鉤に吊された鍋から湯気が出ている。

「たいしたものは入っちゃいねえが、食ってくれ」

「いいのかい？」

「くだくだ聞くねえ」

汁杓子で椀に取り、掻き込むようにして食べた。歯が椀にぶつかったが、構わず食べた。瞬く間に、一杯目がなくなった。

「いくらでも食っていいぞ」

お代わりをした。三杯食べ、椀を置き、礼を言った。

「美味しかった。生まれてから食べたもんの中で、一番美味しかった」

「そんなご大層なもんじゃねえよ」

丑松が笑って見せた顔を真顔に戻して、訊いた。

「行くところは、ねえんだな？」

「はい……」

「ご覧の通り、ここは俺しかいねえ。それでもよかったら、ここにいてもいいんだが」

「本当ですか」

「ちいと俺の手伝いをしてもらえると助かるんだがな」

「何をすれば？」

「その前に、俺の名は」丑松だ、と名乗り、太郎兵衛に名を訊いた。

「花と申します」

「どこの生まれだい？」

風呂敷を解き、往来手形を見せた。

「藤枝（ふじえだ）と書かれていますが、生まれは新居（あらい）の関所の向こうの吉田（よしだ）という宿場なんです。そこで、嫁ぎ先から逃げ出して、藤枝に行き、人別を起こしてもらって……。でも知り人に会ってしまいましてね。また逃げ出したって訳です。それで、手形は藤枝の名主様に書いていただいたんです」

「これが書かれた日付は、三十年前になっているが、それからは何をしていたんだ？」丑松が往来手形に目を落としながら訊いた。

「いろいろですよ。女ひとりで流れ歩いていたんですから、それはもう、口には出来ないことばかりで」

「……血を見るのは平気かい」

「生き血を啜ったって言われた姐さんですよ、あたしゃ。姐さんって年じゃ、疾うにないですけどね」

「狸を取っ捕まえてある。捌けるか？」

丑松が、値踏みするような目を向けてきた。

「狸汁でも作るってんですか」

「いいから答えろ。捌けるのか」

狸は二度程捌いたことがあった。まだ定廻りの同心であった頃、吉原裏にある溜で人足どもに教えられたのだ。溜は、囚人の病監のことで、牢屋敷で重い病に罹った者が送られる場所だった。

「吊すところまでは男の仕事。その先は女の仕事って言いますからね。吊してくれさえすりゃ、捌いてご覧に入れますよ」

「腸なんぞ、見ても平気か」

「造作もないことですよ」

「よし」

丑松は裏の戸を開けて外に出ると、捕らえたまま籠に入れておいた狸の頭を棍棒で殴って殺し、手早く片脚を括って木に吊した。縦に長く伸びた狸が、前脚を下にしてぶら下がっている。

「いい狸だね」殊更楽しそうな声を出して、太郎兵衛こと花は言った。「ご馳走だぁよ」

丑松が花に小振りの出刃を渡し、顎で狸を指した。

「やるよ」

花は、狸の首に刃を入れて、血を抜くことから始めた。滴り落ちた血が、泡を浮かべて血溜りを作っている。

「血は抜けたようだね」

花はダニが己に移らぬよう、適度な間合を取りつつ、脚の付け根に刃を入れ、皮を剝き始めた。

「うめえもんじゃねえか。どこで習った？」

「山里にいた時に、ちょいとね」

首のところまで剝き終えると、尻の穴を抉り取らなければならない。

「丑松さん、ここが難しくてね。何度か駄目にしたことがあるんだよ。こんなところで、いいかい？」

尻の穴の近くには臭腺（しゅうせん）があり、それを刃で傷つけてしまうと、肉ににおいが移り、食べられなくなる。

「上出来よ。貸してみな」

丑松が器用に尻の穴を抜き、臓物を取り出した。これが、と言って、丑松は胆を指さした。何だか、分かるか。淀みなく答えた。

「分かってるじゃねえか」

丑松は、胆の両端を細紐（ほそひも）で縛ってから切り取った。こうしないと中のお汁が出ちまうんだ。覚えときな、と言って、籠に入れ、

「頭ぁ切り落とすから、洗ってくれるか」

桶を血に染まった手で持ち上げた。

「あいよ」

花は、桶に水を汲んで来ると、切り口を丁寧に洗いながら訊いた。

「どうして洗うんです？」

「頭や胆は薬として売れるんだよ。頭は皮を剝いて干してな、粉にする」

「狸が薬に？」驚いて見せた。

「犬や狐もだ」

「これが手伝いってことですか」

「まあな」

「こんなんで、お足がもらえるんですか」

「どうだ、楽なもんだろ？」

「その上、おまんまも？」

「手伝ってくれれば、食うのも、住むのも困らせねえ。酒だって飲ませてやるぞ」

「極楽じゃないですか」

花の物言いが気に入ったのか、丑松がふふん、と鼻を鳴らした。

「気に入ったぜ、お花さんよぉ」

「まさか、落ち着けるところが見付かろうとは、思ってもいませんでした。丑松さん、何分よろしくお願いしますよ」

花は丁寧に頭を下げた。

「おうっ」丑松は、返事もそこそこに、花の洗った狸の頭の水気を抜くために、改めて紐に吊している。花は、己の手足に目を落とした。

「湯屋に行ってきてもいいかねぇ。汗と垢だらけでみっともないし、手も血が付いちまって」

「それなら、狭いけれど裏に風呂がある。ちょいと沸かし直せば、いい。入ってこいよ」

「そうですか。それじゃ、お言葉に甘えて」

着替えの入った風呂敷を手に、家の裏に回った。

途中の壁際に、大八車が立て掛けてあった。これで、お駒を運んだのだろうか。立ち止まらずに、通り過ぎた。

別棟になった小屋があった。覗くと、風呂場だった。納屋と兼ねているらしい。板切れや鋤や鍬などが置かれ、三方に棚がしつらえてあった。洗い場は、土の床に敷かれた簀の子がそれらしかった。百姓家なら、家の土間に衝立を立てるくらいが関の山だから、これで満足すべきなのだろう。

花は、湯加減をみる前に、丹念に板壁に隙間がないか調べた。覗かれると、男だとばれてしまう。二カ所あった大きな穴には、板を立て掛けることにした。

蓋を取り、湯船を覗いた。垢で汚れていたが、我慢するしかない。手を浸すと、温(ぬる)かった。

花は一旦小屋の外に出、母屋の囲炉裏の火を木っ端に移して運んだ。釜に入れ、その上に薪を載せる。炎が、音を立てて薪を嘗め始めた。

伝次郎のせいで入れなかった風呂に、ようやく浸れるのだ。自然と笑みが浮かんできた。

「嬉しそうじゃねえか」いつの間にやって来たのか、すぐ後ろに丑松がいた。一瞬ひやりとしたが、正体のばれるような粗相はしていないという自信が、心を落ち着かせた。

「久し振りですからね、そりゃあ、もう」言ってから、丑松の方を済まなそうに見てから言い添えた。「湯を汚しちまいますが……」

「気にするねえ。落としておいてくれれば、また水を汲んで焚くからよ」

「いい人だねぇ。仏様に見えますよ」

「冗談はよしてくんねえか。俺が仏様なら……」

何でもねえ。丑松は首を振ると、表に戻って行った。

花は小屋に入り、身に纏っていたものを脱いで、湯に沈んだ。釜の辺りから徐々に温かくなっていく。耳を澄ました。丑松の気配はない。

花は簀の子に下りると、素早く髱を外して髪を洗い、再び髱を付けて束ね、顔と身体を洗った。

熱く沸いた湯に沈み、芯(しん)まで温まって母屋に戻ると、台所で丑松が、山と積み上げた狸の骨付き肉の横で、牛蒡(ごぼう)と蒟蒻(こんにゃく)と豆腐に包丁を入れていた。

「さっぱりしたかい」

「お蔭様で、生き返りました」

「よかったな」

「助けてもらって、食べさせてもらって、先に風呂までもらっちまって済みませんね」

「いちいち気にすんない。それより、今夜は狸汁だぜ。酒もあるしよ。飲もうぜ」

「夜の分を、もう作るんで」

「俺はな、一度冷えたのを温め直したのが好みなんだよ」

「染みますからね」

「そうよ、染みるのよ。嬉しいねえ、分かってくれて」

丑松は鍋に狸の肉を入れると、囲炉裏に掛けた。

「俺は、灰汁を丹念に取らねえといけねえから、暫くは動けねえ。お前さんは好きにしてな」

「だったら、外で髪を乾かしてきますよ」

「そうしてくんな」

丑松が汁杓子で浮いてきた灰汁を掬い取っている。花は表の戸を開け、外に出た。ここが胆を抜いている一味の家に相違ないことと、ここまで順調にことが運んでいるところを見張りに知らせなければならない。

丑松は上機嫌で小唄を口ずさんでいる。花は、両の腕を思い切り天に突き上げ、伸びをした。それが合図だった。

疑われないように、花は直ぐに家に入った。

「いいにおいだねえ」息を深く吸って見せた。

一刻程煮てから酒と味噌で味を調え、牛蒡と蒟蒻と豆腐を加え、更に半刻煮て、狸汁が出来上がった。

後は、食べる時に、もう一度温め直せばいい。

丑松は、満足そうに鍋に蓋を落とすと、さりげなく、

「実はな」と花に切り出した。「時々なんだが、人の身体から胆を抜くんだ。手伝ってもらえるな」

「小塚原の横流しかい？」

刑場に首を晒(さら)された残りの死骸が、刑場の下働きの者の小遣い稼ぎに、横流しされることがあった。多くは、縁者が役人の目を盗んでこっそりと買い取り、埋葬するのである。ところが、縁者がおらず引き取り手のない死骸もある。そこから、胆だけ買い取るのである。

「流石、俺が見込んだだけはある。そこまで分かってくれてると、話し易いぜ」

「人だろうが、狸だろうが、要は同じことさ。嫌だとか気持ち悪いとか、思うだけ損なんじゃないかね」

「ありがてえ。お前さんと似たようなことを言っていた女がいたんだが、心の臓をやられて、ぽっくり死なれちまってな。困っていたんだ」

伝次郎から聞いた駒という女のことだろう、と花は思った。

「それからずっとひとりでやってきたのかい」

「ずっとって程じゃねえがな。けど、分かるだろう？　この仕事は相性が大事なんだ。男で誰かいねえか、とも考えたが、俺の知ってるようなのは、どいつも油断ならねえような奴ばかりでな。その点女ってのは、仕事の息も合わせてくれるし、その辺の男より腹が据わってることがある。お前さんのようにな」

「じゃあ、あたしは丁度いいところに来たって訳だね」

「そうなるな」

「固めの杯（さかずき）だよ」と花は言った。「夕餉（よる）にゃあ早いけど、飲もうよ。酒なんて、本当に久し振りだ。飲ませてくれれば、あたしゃ何でもやるよ」

「おう、飲め、飲め。狸汁も食うか。温め直すぜ」

「昨日までの地獄が嘘のようだよぉ」

丑松が笑った。花も笑った。花の言葉は、本心から出たものだった。

三

同日。暮れ六ツ（午後六時）。

伝次郎と染葉、そして鍋寅と隼と半六の五人は、百姓家と見張り所にしている寮の中程にある藪の陰にいた。

そこからは、百姓家の笑い声がよく聞こえた。

「もう一刻半（約三時間）は飲んでいますぜ」半六が言った。

「浮かれて襤褸を出すなよ」と伝次郎が呟いた。「もう、何も起こるめえ。俺たちは寮に戻る。交替を寄越すから、それまで冷えるが、頼むぞ」

俺たちとは、染葉と鍋寅の三人のことだった。

「承知いたしやした」

隼と半六は掻巻を着込み、頭から夜露凌ぎの雨合羽を被っていた。三人の抑えた足音が遠退くのを待って、

「寒いっすねえ」と半六が言った。

「おれは寒くねえ」

「………」半六は首を縮め、掻巻の襟を立てた。

寮は夕餉の刻限だった。

河野に多助と房吉が、そして様子を見に来た新治郎と非番で駆り出されていた正次郎が、近の作った煮物で飯を掻き込んでいる。

二十五日の夜に始まった寮での見張りは、この夜で七日目になる。緩みそうになっていた心が、新たに花島太郎兵衛が丑松の家に潜り込んだことで、張り詰めたものに変わっていた。

逸速く食べ終えた正次郎であったが、父親の手前もあり、膝を崩そうともせずに端座している。

「おう、飯か」

寮に戻った伝次郎が、丑松と太郎兵衛が酒盛りをしていることを話しているところへ、藪に残っているはずの半六が帰って来た。腹を押さえている。訊いた。

「済みません。腹が差し込みまして」

「休め。誰か、代わってくれ」

「食べ終えていますから、私が行きましょう」正次郎だった。

「お前では心許無い。食べ終えたら誰かやるから、それまで繋ぎをしていろ」

「はい……」

行こうとした正次郎を、近が呼び止めた。

「外は寒いですから、温かい味噌汁を持って行ってください」

正次郎は応える前に伝次郎を見た。頷いている。受け取った。

蓋の付いた椀に注がれた味噌汁を手にして、正次郎は腰を屈めて裏口から出た。

目を上げると、遠く吉原の仄明かりを背にして、藪の影が見えた。影を頼りに、不格好な足取りで、隼の許へ急いだ。

隼の振り向く気配がした。

「正次郎です。半六さんの代わりに来ました。近さんからの差し入れがあります。温かい味噌汁です。手を伸ばしてください」

正次郎が片手で闇を探っていると、隼の手がすっと伸びてきた。触れた。

「お待ちください。まず、こちらからお渡しするものがあります。搔巻と雨合羽です。寒いですから」

隼の手が闇の中に一旦消えた。立ち上がる気配がし、すぐに搔巻と雨合羽が正次郎の身体に掛けられた。

「ありがとう」

「では、味噌汁を」

「はい」

正次郎は屈んだまま、椀を差し出した。隼の指先が触れた、と思った時には、椀は隼の手に移っていた。

　搔巻と雨合羽を着込み、隼の隣にしゃがみ込んだ。

「美味しい」

　と呟いて、味噌汁を啜る音がした。

　そのまま音が途絶えた。闇も動かない。

「多分、吉三親分も」と正次郎が言った。「こうしたことをやっていたのでしょうね」

「おれの覚えている父は、いつも飛び回っておりました。なぜ、他所の父親のように、夕方には帰らないのか、と思ったりもしておりやした」

「私もです。祖父はあだし、父も定廻りになってからは遅いし、とんでもない家に生まれた、と思っていました」

「今も、ですか」

「それが妙なんですよね。祖父が永尋掛りになり、私も駆り出されるようになってからは、何と言うか、変わりました。線香問屋の娘殺しの一件があったでしょう。あの時の大工の由吉さんとお園さんの姿を見てからでしょうか、私はあのような人たちを守るためにもやらねばならない、なんて思いました」

「あの頃から正次郎様は変わられました。何だか、すごく頼りになりそうな気が……」

「そんなことを言われると、照れ……」

隼の手が、正次郎の袖を摑んで引いた。

「伏せて」

慌てて伏せた正次郎の目に、明かりが闇に滲(にじ)み出るのが見えた。

百姓家の裏戸が開いたのだ。女の姿がぼんやりと見えた。

中から丑松の声がした。何を言っているのかは、聞き取れない。

「はいよ」太郎兵衛が答えて戸を閉めた。その声も姿も、女そのものだった。

正次郎は隼を見た。闇に目が慣れてきたので、隼も正次郎を見ているらしいことが分かった。

背後で草を踏む音がした。振り向いた正次郎の気配を察知したのだろう。河野が、私だ、と言った。

「変わったことは？」

正次郎が、今見たことを話した。

「何事もないようだな。ここからは房吉と私で見張る。ふたりともご苦労だった。休んでくれ」

「私は、まだ来たばかりですから」正次郎が言った。

「夜の見張りは年季がものを言うんだ。それに明日は出仕日だろう。無理するな」

「はい」

搔巻と雨合羽を渡し、正次郎と隼は寮に引き上げた。

寮に新治郎の姿はなかった。組屋敷に帰ったらしい。

隼が伝次郎と染葉に、太郎兵衛の姿が見えたことを話している。

「得意技とは言え、実にお見事でした。お役目のためにあそこまでやるとは、驚きとしか言いようがございません」

「何だ、話してないのか」伝次郎が鍋寅に訊いた。

「へい」鍋寅が、頭を搔いた。

「何を、ですか」正次郎が訊いた。

「女の身形(なり)をするのは、奴の性癖(このみ)なのだ」

「え……?」正次郎と隼が言葉を重ねた。

「それで、倅夫婦との折り合いが悪くなり、家を飛び出していた」

「はあ……」

「しかしな、あれで体術の心得があってな。素手で組み合ったら、ここにいる誰も勝てねえぜ。それも、太郎兵衛だ。人はいくつもの顔を持っているってことだ」

正次郎と顔を見合わせている隼に、伝次郎が言った。

「飯を食ったら、熱い風呂に入って寝ろ。明日もまた見張りだからな」

「私は？」正次郎が訊いた。

「そうよな。力が余っていそうだから、腰でも揉んでもらおうか」

十二月二日。暁七ツ（午前四時）。

丑松が竹籠を取り出している。音に気付いた花こと太郎兵衛は、夜具から首を伸ばした。

囲炉裏の火で、薄ぼんやりと見渡せたが、まだ日が上がっていないことは分かった。

「済まねえ。起こしちまったな」

「出掛けるのかい」

「昨夜（ゆんべ）言い忘れちまったが、ちょいと用があるんだ」

「何かお腹に入れたかい」花は髪を整えながら、起き上がった。囲炉裏のお蔭で、ひどく寒いということはなかった。

「いらねえよ。いつも食ったこと、ねえ」

「どこに行くかなんて、聞いてもいいのかい。それとも、その手のことは訊かないようにした方がいいのかい。訊くなと言われれば、あたしゃ金輪際訊かないよ」

「答えられねえ時は答えねえから、そんなに身構えねえでいいぜ」

「じゃ、訊くよ。どこに行くんだい？」

日暮里（にっぽり）だ、と丑松が言った。佐竹右京太夫様の下屋敷近くに狐捕りの名人がいてな。

「月初めに仕入れに行くのよ」

「食べるのかい？」

「狸はここで捕まえたから食ったただけで、いつもはな、名人から買うのさ。俺の他にも買いに来る奴がいるぞ。俺は胆とか頭とか、薬になるところを買い、他の奴は皮とかを買うんだ」

「商いのことは、難しくって、あたしの頭じゃ分からないね」花は頭を叩く真似をした。

「いいってことよ。昼餉はあるもので、食っておいてくれ。何か美味いものを買ってくるからよ」

「何も手伝っていないのに、そんなことしてもらったら後生が悪いよ」

「遠慮は無用だ。俺は嬉しいんだからよ。それからな、家の中のどこを見ても構わねえが、あの部屋は」と言って、土間の奥にある板戸の部屋を指さした。「昨日の狸のとか、胆が干してあるから、慣れるまでは、入らない方がいいかもしれねえな」

「近付かないよ」

「それと、あまり威張れねえ仕事だからよ、人には言わないでくれよ」

「言わないよ。言いたくたって、知り合いなんていないし、丑松さんが戻るまでのんびりしているよ」

「そうかい。じゃあな」

丑松は竹籠を背負うと、弾むような足取りで出て行った。

胆を干してある部屋を覗きたかったが、何か仕掛けがしてあるとも限らない。

万が一にも疑われてはならない。花は堪えることにした。

「出たぞ」

昨夜から二度目の見張りに付いていた河野が、房吉に言った。

「尾けてくれ」

房吉は、羽織っていた掻巻と雨合羽を脱ぎ捨てると、大きく遠回りをして、丑松の跡を尾け始めた。

四ツ半（午前十一時）。

丑松は昼餉には帰らぬようなことを言っていたが、いつ帰ってくるか知れたものではない。花は昼餉の仕度を始めることにした。

狸汁は、まだ鍋底に残っていたが、もっとあっさりとしたものが食べたかった。

豆腐があった。

煎酒（いりざけ）を豆腐に掛け回して、飯に載せて食う。ひとり暮らしを始めてから知った味だった。手間が掛かる割に、飾り気のないところが気に入っていた。

飲み残しの酒を小鍋に移し、竈に掛け、火を熾した。煮立った酒に、鰹節（かつおぶし）と梅干し、それに少しの塩と醤油を注し、煮詰め、冷まして漉せば、煎酒の出来上がりだ。

花は煎酒が冷めるのを待つ間に、茶碗に冷や飯を盛り、切った豆腐を小鉢に入れた。

冷え具合はどうか、と汁杓子で嘗めているところに、表の板戸が開いた。

丑松ではない別の男が立っている。光を背にしているので、顔立ちも年格好もよく分からない。ただ、ひどく荒れた感じが全身に漂っていた。

花が尋ねる前に、男が、

「誰だ、てめえは？」と言った。

こいつが、舟で竹町の船着場に下りたという男だろうか。花は、人相を見定めようと、男に近寄りながら言った。

「丑松さんの知り合いだよ」

「丑の？」男は花を、凝っと見詰めた。

「何かあたしの顔に付いているのかい？」

「丑はどこにいる？」奥の方を覗き込むような仕種をした。

「狐を仕入れに行ったよ」

「そうか。そういえば、月が出てねえな」男は舌打ちをすると、また来る、と言った。「そう伝えといてくれ」

「お前さん、名前を訊かせてもらえないかい？」

男は少し考えてから、亥吉だ、と答えた。

「丑松さんは、亥吉さんの住まいを知っているのかい？」

「いいや。お前は知りたいか」

「別に」

「知りたい、と顔に書いてあるぜ」

「お帰りな。あたしは留守を預かっているだけだよ。これ以上話したかないね」

ふん、と鼻先で笑って表に出た亥吉が、足を止め、振り返った。

「お前さん、いつからここにいる？」

花は、答えずに戸を閉めた。少しして亥吉の足音が遠退いて行った。

尾けているだろうか。裏に回り、細く戸を開け、寮の方を見た。分からない。

何か表の方で気配がした。

花は飯の上に豆腐と煎酒を掛け、箸を手に取った。戸が乱暴に開いた。亥吉が、茶碗と花を交互に見ている。花も亥吉を見ながら飯を食べた。豆腐を掬い、口に入れ、次いで飯を頬張り、言った。

「今度は、何だい？」

亥吉は何も言わずに戸を閉めた。花は、箸を動かし続けた。

「あいつだ。間違いねえ」

丑松の家に近付く男を見て、伝次郎と鍋寅が力強く頷いた。この間の、舟で逃げた男だ。

「よし、任せろ」

見張りに立った染葉が、丑松の家から男が出て来るのを見て、寮脇に隠れている河野らに合図を送った。

行け。

河野と多助が、裏道を伝い、橋場の船着場へ先回りをした。今回も舟を使うとなれば、こちらも舟を雇っておけば見逃すことはない。走った。

染葉は、藪から寮に戻り、鍋寅と隼と半六に男を尾けるように言った。舟ではなく、万一にも陸路を使った場合に備え、河野らと二手に分けたのだ。鍋寅らが、寮を出た。

「俺も行くぜ」刀を腰に差した伝次郎を染葉が止めた。「まだ駄目だ。若いのに任せろ」

「多助や鍋寅は俺より年食ってるぞ」

「熱を出して唸っていたか」

「もう治っている。分かっているのか。ここが肝心なところかもしれねえんだぞ」

「だから、だ。だからこそ、若いのに任せるんだ。俺たちだけが永尋掛りではない」冷静になれ、と染葉が言った。「丑松がどこに行ったのか。誰か連れて来るのか。房吉からは、何の知らせもない。こっちだって何が起こるか分からないのだ。残れ」

折れるしかなかった。伝次郎は尻から、勢いよく腰を落とした。

「お近。煮物を持って太郎兵衛のところへ行き、今のが誰だか聞いて来てくれ」染葉が言った。

「承知いたしました」近が台所に飛び込んだ。慌てているのだろう。汁杓子を取り落とした。

「落ち着け」伝次郎が怒鳴った。

その頃——。

亥吉の雇った舟が、大川に出るところだった。

「頼むぜ」

船小屋の陰に身を隠していた多助と浪人姿の河野が、直ちに舟で追った。

一足遅れて船着場に着いた鍋寅らも舟に乗った。河野らの舟が遠くに見える。

「あの舟を追っ掛けてくんねえ」鍋寅が船頭に言った。

亥吉の舟は、吾妻橋を過ぎて舳先を東に向けている。

「やはり、竹町のようだな」河野が多助に言った。

「うまい具合に、こっちにはまるで気付いていねえようです」

亥吉の舟が竹町の船着場に着いた。

「済まねえが、急いでくれ」多助が船頭に言った。船足が速まった。

船着場に飛び降りた多助が、亥吉の鉄色の羽織姿を人込みの中に見付けた。中の郷竹町の町並を東に向かっている。

「あっしは尾けやすので、後からお願いいたしやす」

多助は言い置くと、人の流れに消えた。

鍋寅らの舟が着いた。辺りを見回している。河野が、手を振った。

気付いた鍋寅らが、駆け寄って来た。河野は成行きを手短に話し、鍋寅とともに多助の後を追った。隼と半六は、南と北から回り込むようにして東に向かった。

一方亥吉は、擦れ違う者を巧みに躱しながら北本所表町を更に東に下っていた。多助は、人の背と背の間に見える亥吉の後ろ姿から目を離さずにひたすらに尾けた。手応えがあった。

こうなれば、逃がすもんじゃねえ。

ほっ、とした時だった。煮売り酒場から出て来た男の肩と、多助の肩が触れた。

何だ、爺か。邪魔だ。

一間（約一・八メートル）近く突き飛ばされて、多助は腰から地面に落ちた。怒鳴り付けたかったが、騒ぎを起こせば尾行が台無しになってしまう。多助は地面に這いつくばるようにして詫び、男をやり過ごした。素早く起き上がろうとしたが、腰に激痛が走った。ひどく打ち付けてしまったのだ。動けない。

畜生。

拳で地面を叩いた。

河野と鍋寅が来た。多助は訳を話し、追うように言った。

「あっしは大丈夫でございやすから」

「分かった。鍋寅、先に行くぞ」

鍋寅は多助を近くの茶屋に預けて、河野の後を追った。

追い付いた時、河野は実相寺の門前で辺りを見回していた。

「旦那ぁ……」

河野が、首を振って応えた。

見失ったのだ。道は北と東の方角に延びていた。

二手に分かれようとしていると、

「あれは？」鍋寅が北の道から来る半六を指さした。きょろきょろとしている。

「東だ」

河野と鍋寅が東に向かって走り出した。気付いた半六が後を追った。

同じ時、船着場から南に行き、多田の薬師で東に折れていた隼は、南本所番場町から荒井町へと抜けていた。

もう河野の旦那たちは、男の行く先を突き止めたのだろうか。それとも……。

分からない以上、探し続けるしかなかった。

北割下水を東に見、北に折れた隼は、源光寺の前を通り過ぎ、花厳寺の門前に差し掛かった。

通りの向こうに河野らの姿が見えた。踏み迷うような足取りである。見失ったのだ。

「そっちには、おらなんだか」河野が言った。

「はい。……では」

「しくじったようだな」

東に下り、武家屋敷が両側に並ぶ一角に出たので、南に折れて来たのだ、と鍋寅が言った。

「でしたら、この辺りしか残されては……」

通りを挟み、石原新町と荒井町の家々が見えた。虱潰しに探せば、見付けられるかもしれない。勇んでいる隼らに、

「戻るぞ」と河野が言った。「奴はまだ私たちが尾けたことに気付いてはいない。とすれば、また丑松を訪ねるはずだ。嗅ぎ回っているところを見られては、元も子もなくなるからな。多助を引き取って帰ろう」

「多助さんが、どうかしなさったので？」隼と半六が訊いた。

鍋寅が腰を打ったことを話した。

「取り敢えず、寮に連れて帰ろう」

河野が、悔しげに辺りを見回しながら言った。

亥吉が丑松の家を訪ねて、七日が経った。

この間亥吉は、丑松の家に近寄ることはなかった。《高麗屋》にも姿を現していない。伝次郎らは、亥吉を探そうとはしなかった。必ず《高麗屋》か丑松の家に来る。その時に賭けた。

# 第六章　六番目の男

## 一

　十二月九日。七ツ半（午後五時）。

　元浜町の水油問屋《枡屋》伊兵衛の七歳になる倅・大吉の行方が分からなくなった。裏の木戸の鍵が開いていた。そこから出てしまったのか、それとも誰かが入って来て、かどわかされたのか。直ぐさま店の者が町中を探したが、どこにも姿が見えない。

　素人の手に負えるものではない。番頭が自身番に走り、月番である北町奉行所に知らせが入った。

　近隣の者を調べ回ると、夕刻に路地から座禅豆売りの夫婦が出て行くのを見た者がいた。座禅豆売りは、天秤の前後に座禅豆や金山寺味噌などの嘗物や香の物を入れた箱を下げて歩く振り売りである。普通市中で見掛ける座禅豆売りは、男ひとりの商いだ。それが夫婦ふたりであったことが、同心の心に引っ掛かった。南町が扱っている竈屋によるかどわかしは、夫婦ふたり組であった。しかも、座禅豆売りを見た者が言うには、座禅豆を商うにしては、荷がひどく重そうに見えたらしい。

「ああ、随分と売れ残って、と思ったので、よく覚えています」

直ぐに座禅豆売りの足取りを追おうとしたのだが、ふたりは既に姿を晦ましてしまっていた。同心は、竈屋の一件を追っている南町奉行所に即刻知らせるよう、与力に上申した。

そのようなことになっているとは知らず、明日は非番だから、と正次郎は奉行所から橋場に向けて、懸命に足を急がせていた。

柳橋を通り、鳥越橋を過ぎ、御蔵前を歩いていると、同じように足を急がせていた座禅豆売りの夫婦が、時折振り向くようにして正次郎を見ているのに気が付いた。

そこで正次郎は、あっ、と思い、己の身形に目を向けた。詰所で浪人風体に変えていたのだ。

もしかすると、尾けられ襲われるのではないか、と案じているのかもしれない。

正次郎は座禅豆売りに駆け寄ると、もし、と声を掛けた。

「はい」脅えているのが、手に取るように分かった。

「済まない」と頭を下げ、違うのだ、と正次郎は言った。

「私は、この先に用があるだけなのです。何か誤解してはいませんか。私は、あなたたちを襲おうなどとは露程も思ってはおりません。そのこと、ご承知おきください」

「左様で、ございますか……」座禅豆売りの夫婦は顔を見合わせると、安堵いたしました、と言って、男の方が額の汗を拳で拭った。

「それはよかった。では、先を急ぎますので」

「失礼でございますが、どちらまで」

「橋場の先ですが」

「それはそれは、遠いですね」

「祖父が、待っておりまして。遅れるとうるさいのですよ。では」

「御免くださいませ」女が丁寧にお辞儀をした。

更に足を速めている正次郎を顎で指し、男が女に言った。

祖父がうるさいんだとよ、脅かしやがって。

臆病だねえ、いい加減、腹ぁ括りなよ。女が赤い夕日のような色をした帯に、両の手指を差し込んだ。この夫婦、亭主の名は孫兵衛と言い、女房の名は秀と言う。

寮に辿り着いた正次郎は裏から入り、百姓家の様子を訊いた。

「変わりはねえ。一向に動かねえんだ」伝次郎が言った。

藪で見張っていた半六が戻って来た。

「人が来て、入りました」

「誰だ？　亥吉か」

「いいえ。座禅豆売りの夫婦です」

「夫婦だと」

伝次郎が言った。その声に重ねるように、「座禅豆？」と正次郎が呟いた。

「何だ、何かあるのか」伝次郎が訊いた。

「来る時に、座禅豆売りと少し話をしました」

「何を話した？」

「私が尾けているのかと脅えていたようなので、同じ方角に行くだけだから案ずるな、と言ってやったのですが」

「お前が後から来るからって脅えたのか」

「そうですが……」

「夫婦の座禅豆売り……か」

「ありゃ、ひとり商いでやすよね」

「妙だな？」

「変でやすね」

「気になるな。前の竈屋も夫婦だったな？」

「さいでした」

「まさか、かどわかし屋じゃねえだろうな？」

「まさか……」鍋寅が言った。

「いや、ねえ話じゃないぞ」染葉が言った。

「どうもお前は、妙なのに引っ掛かる癖があるからな」伝次郎が言った。

「何を仰しゃいます。もしかどわかし屋なら、流石は名同心・二ツ森新治郎の息子だ。何か引き寄せるものを持っているのかもしれぬな、とか言ってもらいたいものですね」

「それを言うなら、二ツ森伝次郎の孫だろう。何で新治郎なんだ」

「そんなことより、近くまで行った方がよいのではないか」染葉が言った。

「よし、藪まで行くぞ」

皆が一斉に立ち上がった。皆で行ったのでは、人数が多くなり過ぎる。

「河野と真夏に正次郎、来い」

藪陰に、房吉と隼がいた。

「まだいるか」

「出て来ておりません」

「様子を見るか」

「それが無難でしょう」河野が答えた。

百姓家の中では、座禅豆売りの夫婦が花を見て、驚き、戸惑っていた。

「こちらさんは？」孫兵衛が丑松に訊いた。

「仲間だ。心配するこたぁねえ」

「亥吉さんは？」

「承知の上だ」

「そうか……なら」

「で、首尾は？」

「俺らは竈屋とは違う。しくじったこと、あるかい？」

「そいつは、何よりだ」丑松が花を見た。「訊かねえのかい？」

「訊いてもいいのかい？」

「話してなかったが、俺たちはな、ちょいとやばいことにも手を出してるんだよ」丑松は声を潜めるようにして言った。

「何だよ、話してねえのかよ」孫兵衛が顳顬に青筋を立てた。

「そう言うな。酒の肴に話すことでもねえだろうが」

「何だい？　丑松さんがやることなら、あたしも一枚嚙ませておくれな」

「ほら、な」丑松は孫兵衛に言い、花に改めて向き直った。「実は、俺たちは生き胆を抜いて、それを売るのも商いにしているんだ。これが、滅法儲かる」

「知ってるよ。狐とかのだろう」

「獣のじゃねえ。注文が極上の時は、こいつらのようなかどわかし屋が、いいところの餓鬼をかどわかして来る。それを俺が受け取り、胆を抜き、干し上げたものを亥吉に渡す。そういう手順で品を回すのさ」

「驚いただろう？」孫兵衛が探るような目付きで訊いた。

「……驚いたけどさ。獣だろうが餓鬼だろうが、胆を抜くことには変わりはないさね。可哀相だとは、ちいとは思うけどさ……。こちとら、ご定法に恨みならたっぷりあるけど、それでいい目を見たことなんぞ、これっぽっちもないからねえ」

「そうこなくっちゃ」

「注文なんて、いつ受けたのさ。あたしが来てから、そんなことはなかったようだけど」

「おめえの来る前にあったんだよ。そっちの注文分のはもうこしらえてある。そろそろ干し上がる頃だから、また美味えもんが食えるぜ」

「今日、こちらさんが来るって、知ってたのかい？」

「亥吉が来ただろ。会えなかったけどよ。あれが合図なんだ。亥吉が顔を出したら、その後七日くらいのうちに、餓鬼をかどわかして来るってな。何しろ相手あってのもんだからな。七日ぴったりとは、なかなかいかねえが」

「それで、あの日、亥吉さんが来たのかい」

「おうよ」

機嫌よく話していた丑松が、座禅豆売りの夫婦に、見せてくれ、と言った。

「無駄話してねえで、早いとこ胆を取り出さねえとな」

孫兵衛が座禅豆と書かれた箱の蓋を取り、中から子供を引き摺り出した。子供はぐったりとしている。

「死んでいるのかい？」花が訊いた。

「いんや。まだだ。活きのいい胆を取るには、絞めて直ぐ取り出すのが一番なんだ」

「早いとこ、殺っちまおうぜ」

孫兵衛が子供の首を押さえ込んだ。丑松が黙って匕首を取り出し、秀が子供の着物を剝がしにかかった。

「待ちな」

花が孫兵衛の手を捻り上げ、裏戸に向けて突き飛ばした。孫兵衛の身体が裏戸を跳ね飛ばして、外へ転がり出た。

「何、しやがるんでえ」

孫兵衛が声を荒らげ、家の中に飛び込んで行った。

「大変だ」藪から見張っていた伝次郎が叫んだ。「表と裏の二手に分かれて、突っ込むぞ」

伝次郎は表に回った。正次郎と真夏が続いた。

河野と房吉と隼が裏に向かった。

「てめえ、何もんだ？」丑松が、匕首を握りしめて花に迫った。

孫兵衛と秀も匕首を抜いた。三人が、花を追い詰めた、と思った瞬間だった。

家の表と裏から、伝次郎らが雪崩込んで来た。

抗う間もなかった。座禅豆売りの夫婦が捕らえられた時には、丑松の顔は土間に押し付けられていた。

「寮に運べ」伝次郎が言った。「騒いだら、手足を折っちまえ」

河野と房吉と隼が、早縄を打った。

「構わないんで」隼が訊いた。

「こいつらは人じゃねえんだ。やれ」

「不浄役人が、閻魔様にでもなったつもりか」孫兵衛が喚いた。

「なったんだよ」

伝次郎は孫兵衛に近付くと、十手を振り上げて二の腕に打ち付けた。二の腕がみるみる青くなり、腫れ上がった。三人は俄におとなしくなった。

裏戸から藪の脇を通って、房吉と隼と正次郎に、三人を寮に運ばせた。

「戸を閉めてから、聞いてくれ」

伝次郎は、河野と真夏と太郎兵衛に言った。

「俺は、これから座禅豆売りのふたりを締め上げ、亥吉の塒を訊き出す。上手くいけばいいが、口を割らねえかもしれねえ。それに、座禅豆が丑松のところから戻らねえ、と亥吉に気付かれでもしたら、誰か手練の者を連れて様子を見に来ねえとも限らない。亥吉の動きに備えて、真夏は太郎兵衛とここに残っていてくれないか」

「それはいいが、おい、伝次郎、まずは子供だ。まだ生きてるぞ」太郎兵衛が事も無げに言った。

唖然として太郎兵衛を見詰めた伝次郎が、思わず怒鳴った。

「どうして、それを早く言わねえんだ」

「言う暇があったか」

伝次郎は太郎兵衛には答えず、直ぐさまぐったりと倒れている子供の脈を取った。弱々しいが、確かに打っていた。頭を見た。ひどく叩かれた痕があった。河野に言った。

「見た通りだ。染葉に言い、一刻も早く伴野先生を呼んで来てくれ」河野が飛び出して行った。

「どこの餓鬼だか、知っているか」太郎兵衛に訊いた。

「知らぬ」

「よし。俺が座禅豆売りを締め上げ、訊き出してくれる」

伝次郎は羽織を脱ぐと、包みこむようにして子供を抱えた。

寮に近付くと、隼が静かに戸を開けた。伝次郎は子供の額を冷やすように、と近と隼に言った。

染葉の姿がなかった。正次郎を伴い、伴野玄庵を呼びに行ったらしい。

多助が、這うようにして床から出て来た。

「寝てはおられやせん。何でも構いません。手伝わしておくんなさい」

「頼めるか」

子供の額に濡れ手拭を置く役にした。

「やりやすか」鍋寅が伝次郎に擦り寄り、小声で訊いた。丑松と座禅豆夫婦を締め上げるか、と訊いているのだ。

「どこでやる？」

「裏に納屋がありやしてね。河野の旦那と房吉が連れて行っておりやすが」

「いい手順だ」

納屋に行った。

縄や石臼などが置かれたただ中に、三人が座らされていた。

「痛い思いはさせたくねえ。どこの子供だか教えてくれねえか」伝次郎が座禅豆売りの夫婦に訊いた。「死にそうなんだ。一目親に会わせてやりてえとは思わねえのか」

「…………」

「言わねえつもりか。そっちがその気なら、こっちも鬼になるぜ」伝次郎は秀の首根っこを摑んで石臼の脇まで引き摺ると、そのまま石臼の角に叩き付けた。ぱっと血飛沫が上がり、歯が三本折れて落ちた。吹き出す血を吐き出しながら、秀が荒い息を吐いている。

「塩を持って来てくれ」鍋寅に言った。「なすり付けてやる」

「待って……、待って、おくんなさい」秀が、子供の素性を明かした。

河野と房吉が納屋を飛び出そうとした。

「ちょいと待て」伝次郎が言った。「房吉は、南町まで走ってくれ」

用を言い付け、次いで河野に言った。

「《枡屋》まで頼む。かどわかしと思って騒いでいるに違いねえ。そうなると、月番の北町が出張っているだろう」

「かもしれませんね。どういたしましょう」河野が言った。

「構わねえ。子供をさらった奴らは捕らえた、と北町に教えてやんな。その上で、この一件は、一連のかどわかしに繋がるもんで、今大騒ぎすると張本に届かなくなっちまう旨を伝えるんだ。事が終わったら話すから、ということで、何とか話をまとめてきてくれ」

「分かりました。私、こう見えて、そういう談判は割合得意ですので。では、取り急ぎ《枡屋》を連れて来ます」

お調べのため《枡屋》に赴いていた北町の同心は、疑いを掛けていた座禅豆売り夫婦が既に捕らえられたと河野に告げられ、探索の速さに腰を抜かすことになるのだが――。

河野と房吉の後ろ姿を見送った伝次郎は、

「次はどっちだ。てめえか」と座禅豆売りの亭主を睨み付け、首っ玉を摘み上げた。

伝次郎は、藪の脇を抜けて百姓家へ行き、そっと裏戸を叩いた。真夏が戸を開けて、出迎えた。

「吐いたか」太郎兵衛が訊いた。

「亥吉の塒は吐かなかった。もしかすると、あの座禅豆、本当に知らないのかもしれねえ」

「丑松にさえ塒を教えていねえんだから、随分と用心深い奴だな」

「だが、来なければ商売にならんのだ。待てばいいだけの話だ」

太郎兵衛が、丑松と座禅豆売りから聞いたことを話し、「ひどく責めたのか」と訊いた。

「形相が変わるくらい、ちいっとな」

「いい薬だ。丑松は、てめえのことは話したか」

「話した。奴は牢屋敷を辞めてこっち方は、胆を干すのを稼業にしていたらしい。奴に勧めたのも、元牢屋敷の下男だって話だ。座禅豆売りだが、奴らが知っ

ていたかどわかし屋は竈屋だけだったが、他にもいるかもしれねえ、と言ってい
た。どこまで本当のことだかは、分からねえがな。これまでに何人の子供をかど
わかしたのか訊いたが、口を濁していた」
「火事に紛れてかどわかしていたという話は？」
「吐かなかったが、歯の根が合わねえくらい震えていたのが返事だと思う。あの
分ならやっていたな。俺たちの手で何もかも問い質したいが、俺たちには、やる
ことがあるしな。そっちのことは、吟味方に回すつもりだ。今、奉行所に房吉を
走らせている。まだ亥吉らを捕らえる前だ。人目につかぬよう、こっそり運ぶよ
うにと伝えているはずだ」
「ここに置いておく訳にもいかねえしな」
「奉行所の仮牢にぶち込んでおけば、好きな時に問い質せるってものだ」
「それにしても、今までよくも悟られずに悪行を続けていたものだ」
「かどわかす奴、胆を抜く奴、それを運ぶ奴。そいつらが巧みにてめえの仕事を
こなしていたからだろうよ」
「悪は悪で考えるものよな」
「私たちが生きているこの世の中は、一皮剝けば、あのような者たちばかりなの

でしょうか」真夏が言った。

「浜松町の手習所の師匠のように、悔いるってことを知っている者も、いること
は間違いねえんだ。諦めずに、こつこつやるしかねえな」

「子供は？」太郎兵衛が訊いた。

「医者が診てくれているんだが……」

「早いな」

「今戸の先生なんだ。今夜が峠で、明日の朝まで保てば望みはあるらしい」

「どこの子供だった？」

元浜町の水油問屋《枡屋》伊兵衛の倅だと話した。

「今、河野が迎えに行っている」

「滅入るな」

「酒でも飲むしかねえか」

「あるぜ。待っていろ」

腰を上げた太郎兵衛に、辺りを見回しながら伝次郎が訊いた。

「胆は、どこで干しているんだ？」

「その部屋だが。見るか」板戸を指さした。「一度だけ丑松に見せられたが、気

持ちのよいものではないぞ」

「俺は見るが、どうする？」真夏に訊いた。

「同じものが私の身体の中にもあるのです。見ておきましょう」

蠟燭(ろうそく)に火を点(つ)け、板戸を開けた。暖かく、生臭かった。伝次郎が眉を顰(しか)めた。

暗い部屋の底に、火の熾っている火鉢が三つあった。

「今、狐の胆を干しているのだ。人のも奥の方にあるぞ。小塚原からの出物(でもの)だと言っていたが、子供のもあるはずだ」

「丑松の口から胆を抜いた亡骸はどうしたんだ？」

「胆を抜いたと聞いたのが、つい今しがただからな。何も聞いておらぬが、どこぞに埋めたのであろうよ」

「それも吟味方に回す時に、責め問いに掛けてでも訊き出すように言っておかねばならんな」

真夏が、伝次郎の脇を通り過ぎた。吊り下げられたり、板に挟まれている胆を見ながら奥に向かっている。つと立ち止まり、太郎兵衛に訊いた。

「人の胆は、これですか」

ぶら下がっているものを見ている。茄子(なす)のような形をしている。

「そうだ」

「色が違うものなのですね」

狐や狸のは黒く、人のは青みがかったうす黄色いものだった。

「熊の胆は見たことがありますが、真っ黒でした」

「熊の胆は万病に効くゆえ、熊の胆一匁（約三・七五グラム）は金一匁と言われるくらい貴重なものだ。小塚原のは、一腹百疋（一分）が相場らしい」

「子供のは？」伝次郎が訊いた。

「並のものの十数倍はするらしい」

目を近付けて凝っと見ていた真夏が、干し上がれば出来上がりなのか、と太郎兵衛に訊いた。

「作り方を知りたいか」

「よろしければご教示ください」

「流石に、胆が据わっているな」

真夏が八十郎の娘であることは、鍋寅の家での夜話で既に伝えてあった。

「腹を斬り、胆を抜く。胆の両端から汁が零れないように縛る。それを吊し、火鉢などの火に炙って干す。乾いて縮んだら板に挟んで、形を整えながら干し続ける。大体、二十日から一月で出来ると聞いている。作り方は、熊も人も同じらしい」

「幼い時、藪をしごいていて笹で目を切ったことがありました。熊の胆を水で溶いて塗りましたら、直ぐに治りました。どうやって作るのか、ようやく分かりました」

「その辺りでよいか。まだ肝心の奴を捕らえておらぬので、落ち着かぬ」

先に立って部屋を出た伝次郎は、寮との間にある藪へと忍び出た。子供のことが気になっていたのだ。

搔巻を頭から被った隼と半六が詰めていた。

「《枡屋》は？」

「まだのようです」

「子供のことで何があっても、騒ぎ立てねえように、と染葉に伝えといてくれ。どこに目があり、耳があるか、分からねえからな。それから、俺は今夜から四、五日、丑松んとこに泊まることにした。太郎兵衛の奴、恐らくここ八日の間ってもの、ぐっすりと眠ったことがなかっただろうからな。暫くの間ゆっくり寝かせてやりたいのよ」

「先に染葉に言うと、病み上がりだ何だ、と、あいつ、うるさいからな。詫びといてくれ」

「へい」

　隼が寮へと走って行った。

「半六、寒いところを済まねえな。この一件の片が付いたら、腹が裂けるまで飲み食いさせてやるからな」

　半六の目が糸のようになった。

「明日になって、子供の命が助かったと分かったら、知らせてくれよ」

「そっちに行っても、よろしいんで？」

「よかねえな。よし、代わりに何か物干しに吊せ」

「何を？」

「てめえの褌がいい。目立つだろう」

　半六がひどく困ったような顔をした。

「嫌なら、正次郎のでもいいぞ」

「承知いたしやした」声が弾んだ。

「頼んだぜ。見たら合図するから、直ぐに下ろせよ。とても縁起物とは言えねえし、時期外れの鯉幟じゃねえんだからな」

二

十二月十日。明け六ツ(午前六時)。

伝次郎は寝起きのまま裏戸に急ぎ、突っ支い棒を外して寮を見た。褌が翻っていた。

伝次郎は、胸を撫で下ろしてから手首だけ覗かせ、下ろせ、と藪に向かって合図を送った。

この日の夜、丑松らは奉行所の仮牢に移されて行った。

十一日が過ぎ、十二日になった。

橋場の船着場で釣りをしていた河野と房吉が、近付いて来る舟影に目を留めた。

亥吉の姿が舟の上にあった。ふたりは亥吉をやり過ごすと、釣り竿を仕舞い、藪伝いに寮へと走り、叫んだ。

「来たぞ。ひとりだ」

染葉が寮を飛び出し、藪に駆けた。河野と房吉が続いた。前から見張りに付いていた鍋寅と隼と半六は、染葉らの後ろに下がった。染葉が小石を丑松の家の屋根に投げた。来た、の知らせである。

鉄色の羽織姿が見えた。丑松の家にどんどんと近付いている。

通りで左右を見てから、弾むような足取りで表戸の前に立ち、叩いた。

「丑、俺だ」

「あいよ。丑松さん、お客だよ」花の身形(なり)で待ち構えていた太郎兵衛が、裏に向かって呼び掛ける振りをした。

戸が開いた。

「どうぞ」

亥吉は太郎兵衛を乱暴に脇にどけ、中へと進んだ。

「丑、どこだ？　奥か。返事をしろい」

「いねえよ」伝次郎と真夏が、亥吉の前に立ち塞がった。

「誰だ、てめえ？」

「俺は二ツ森伝次郎。南町の同心だ」

「…………」亥吉は大きく一歩飛び退くと、花を睨み付けた。

「花、てめえ」

「気安く呼ぶな。花島太郎兵衛。南町だ」

「男……。野郎」

亥吉は背に両の手を回した。次の瞬間、白いものが光って撥ねた。背帯に斜交いに差した二振りの匕首を同時に抜き放ったのだ。

亥吉の腕が回った。太郎兵衛が板戸を跳ね飛ばして躱した。体術の心得がなければ、匕首の餌食になっていただろう。

伝次郎が剣を抜き払い、叩き付けた。亥吉は二本の匕首を交わして受けると、刀身を擦るようにして、間合に踏み込んで来た。

「下がって」真夏が伝次郎に叫んだ。

不器用に下がる伝次郎の腕に、亥吉の匕首が閃いた。袖がぱくりと裂けた。

「こいつは手強い。真夏、頼む」

「引き受けました」

「何を」

亥吉が、外に出た。真夏も出た。

遠巻きに染葉と河野が、鍋寅と房吉と半六と隼が、囲んでいる。

「もう逃げられねえ。おとなしくお縄に掛かれ」伝次郎が言った。

「逃げる気なんぞ、端(はな)からねえ」亥吉は真夏と花を交互に見ながら膝を突くと、両の匕首を置き、素早く羽織を脱いで立ち上がり、「てめえが女で」と言った。「てめえは男か。俺たちも、ややこしいのに見込まれたもんだな」

「その刃(やいば)、大分多くの血を吸っているようだが、これまでに何人殺した？」真夏が訊いた。

「そんなこと、知るか」

「私は数えている」

「腕に自信があるらしいな」亥吉は、すっと息を吸うと、真夏に匕首を向けた。

「こうなりゃ、冥土(めいど)へ道行きとしゃれこんでやるぜ」

「其の方は好みではない。ひとりで行け」

「ほざけ」

亥吉が腰を割り、翼を広げるように両の手を大きく上げた。

真夏は一歩左足を踏み出すと、刀を抜き、右脇斜め下に退(ひ)いた。脇構えである。亥吉の腕が更に上がった。

「面白い構えだな。かまきりか」真夏が言った。

「右から抉ってくれようか。それとも左からにするか。さあ、どうする？」

「好きにいたせ」

「………………」

亥吉がじり、と足指をにじった。真夏は微動だにしない。亥吉の両の刃先がゆるゆると近付き、触れたと同時に、突っ掛かった。真夏が脇構えから剣を送り出した。

交わした匕首が、真夏の剣を噛んで止めた。

亥吉の唇の端が僅かに吊り上がった。匕首が刀身を噛みながら間合を詰めている。伝次郎は、真夏がどう出るのか、目を見張った。

匕首が鎺（はばき）で止まった。

「腕が立つと言っても、所詮は女だな。間合は封じたぜ」

「そうかな？」

「出来るなら、動いてみろ」

「話し過ぎだ」

「死ね」

交わした匕首に己の身体の重みを乗せ、押した。真夏は亥吉の目を見たまま、身体を横に捻った。

「もらった」

亥吉の右腕が弧を描いた。匕首が真夏の首筋に飛んだ。それを左逆手で抜いた脇差で受けた時、血飛沫が上がり、亥吉の左手指と匕首が落ちた。真夏の剣が匕首を握る手指を削ぎ落としたのだ。

「てめえ」

亥吉が右手で斬り掛かった。その刃をなぞるように、真夏が剣を振り下ろした。亥吉の右手親指が血を噴いて飛んだ。

「よい腕をしているが、これからは鐔のある刀を用いるがよろしかろう」

「こいつに、これからなんぞ、ありゃしねえ」伝次郎が、ふん縛れ、と房吉と半六に命じた。

ふたりは、亥吉の口に手拭を噛ませると、血に塗れながら後ろ手に縛り上げた。

「俺は奉行所に戻るが、多助はあんな具合だ。近とともに寮に残す。誰か丑松を訪ねて来る者がいねえとも限らねえ。太郎兵衛と、正次郎が明日非番だから追っ付けやって来るだろうから、真夏、済まねえが、三人で残ってくれ」

「分かりました」

「目立っちゃいけねえ。半六、舟を押さえて来い」

「へい」

半六が船着場に走った。

舟は大川を下り、新大橋を過ぎたところで浜町堀から霊岸橋川へと抜けた。亀島橋を通り、高橋を潜った先にある稲荷橋で南に折れ、八丁堀と京橋川を上る。この辺りは、竹河岸に大根河岸と荷足舟が多い。舟は巧みに荷足舟を避けながら比丘尼橋の南詰に着いた。後は、南町奉行所までは歩きである。

「半六、先に行って当番方に、胆の運び屋を捕らえた、と叫び回ってこい」

「いいんですかい？　叫び回っても」

「叱られやせんか」隼が訊いた。

「構わねえ。俺が許す」

染葉が額に手を当てた。

亥吉を引き立て、潜り戸を潜ると、玄関前の敷石に百井亀右衛門、沢松甚兵衛、それに内与力の小牧壮一郎らとともに新治郎ら同心たちがいた。列が割れ、町奉行の坂部肥後守が現れた。

「その者が、胆の運び屋か」坂部が亥吉を見た。

亥吉を敷石に座らせ、顎を押し上げるようにして坂部に顔を見せた後、伝次郎は鍋寅と房吉に亥吉を仮牢に入れるように言った。亥吉が引き立てられて行った。

「丑松と座禅豆売りの夫婦は、望み通り仮牢に入れてあるが」と百井が言った。

「もういいだろう。後は、我々と吟味方に任せてはくれぬか」

「まだ薬種問屋が残っております」

「それも含めてだ」

「まだいくつか分からないこともございます。それより何より、ここまで来て、手放す訳には参りません。任せるなら、最後までお任せください」

「いかがいたしましょうか」小牧が、百井と伝次郎の間に割り込むようにして、坂部に訊いた。

「伝次郎、出来るか」

「はい」

「よし。思う存分やってみよ」

「ありがとうございます」深々と頭を下げる伝次郎から、百井が目を逸らした。

「とにかく手柄であった」坂部が、機嫌のよい声を出した。「永尋掛りを設けた甲斐があったの。流石は二ツ森伝次郎だ」

「いいえ。今回は、私は添え物で、絵解きをしたのは河野道之助であり、虎穴に入り奮迅の働きを見せたのは花島太郎兵衛であり、見張り所に詰め通したのは染葉忠右衛門で、また、手練を倒したのは一ノ瀬真夏でございました」

「皆々、ご苦労であったな。褒美を出すによって楽しみにしておれよ」

伝次郎は、おうっ、と羨ましげな声を上げた同心らの中に、花島太郎兵衛の倅・金吾郎を見付けた。町火消人足改の役に就いている。

「花島の倅殿」伝次郎が声を掛けた。「今回の捕物は父上のお蔭だ。礼を申し上げる」

金吾郎が、いささかうろたえながら頭を下げた。同僚から、何か囁かれている。

「永尋掛りに加えるのか」坂部が訊いた。

「頼むつもりでおります」

「父上によろしく伝えてくれ」坂部が金吾郎に言った。

「ははっ」金吾郎が、身体を半分に折った。

坂部が去り、小牧の背が玄関の中に消えると、玄関口にいた同心らが散り始めた。百井が、するすると伝次郎の脇に寄り、

「分からないこととは、何なのだ？」と訊いた。

「二十八年前と四十九年前のかどわかしのことも、詳細に訊き出さねばなりません。訊くことは沢山あるってことです」

「……そうか」百井は鼻先で頷くと、伝次郎から離れながら沢松を呼び寄せている。

それどころじゃねえ、と伝次郎は腹の中で呟いた。

問題は《高麗屋》をどうやって引っ括るか、であった。

奉行所の仮牢は、俗にシャモと呼ばれ、大門を入った左手にあった。

伝次郎と染葉は、亥吉を仮牢から出し、向かいにある物置小屋に入れた。物置小屋とは名ばかりで、穿鑿所（せんさくじょ）としても使えるようになっている。柱には鉄輪（かなわ）が打ち込まれており、縄を結わえ付けておくことが出来た。亥吉を鉄輪に結び付け

た。

「《高麗屋》だが、子供をかどわかし、胆を抜くことを知っていたのだな？」

「いいえ」

「大きさからして子供の胆であり、咎人のものではないことは、見れば直ぐに分かることだ。まさか、《高麗屋》は気付かなかったとでも言うつもりじゃねえだろうな」

「あの方の目は節穴ですからね。狐狸も人も区別なんぞ付きませんよ」

「痛い目を見てえのか。手の傷に塩をなすり込んでも、鼠に齧らせてもいいんだぜ」

「奉行所での責め問いは禁じられているはずですが」

「てめえは大間違いをしているぜ。俺を誰だと思ってる。二ツ森伝次郎だけはな、何をしても許されるんだ」

「どうして、そんな？」

「俺がご定法だからだ」

「………」

染葉が、顔色も変えずに、そっと横を向いた。

「てめえのように、餓鬼の生き胆を抜いて楽しい思いをして来た奴には、俺は容赦しねえんだよ」

伝次郎は、足を振り上げると、縛り付けられている手を板壁に押し付け、踏みにじった。

亥吉の額に脂汗が浮かび、筋を描いて流れた。食い縛った歯の間から、熱く太い息が零れている。

痛えか。他人の痛みの分からねえてめえにも、てめえの痛みは分かるのか。

更に力を込めて、雪駄をにじった。

「旦那、無駄だ。俺は自害する気もねえが、吐く気もねえ」亥吉が荒い息の間から言った。

伝次郎は眉を寄せて亥吉を見詰めた。駄目だ。こいつは、意地に賭けても《高麗屋》のことは漏らさねえ気でいやがる。

「分かった。《高麗屋》のことは訊かねえ。てめえのことなら話してくれるな」

「…………」

「かどわかしの件だが、世間を騒がせたかどわかしとなると、二十八年前の三件と四十九年前の三件だ。お前の年格好からして、それらの六件と関わりがあったとは思えねえんだが、あれは誰の仕業か知っているか」

「ああ」亥吉が無造作に答えた。

「誰だ？」

「親父らのしたことだ」

「実の親父か」染葉が訊いた。

「そうだ。かどわかし屋もそうだが、家業なんだよ。物心ついた時には仕込まれていた」

「親父は？」

「疾うに、死んだ。餓鬼が夢に出ると言って、腹を出刃で突いてな。すごい死に方だった。俺もそうなるのだ、とずっと思っていた」

「かどわかしたのは、それだけか。火事に紛れてかどわかしただろう？」

「ようやく気付いたのか」

「やはり、そうだったのか」

「ああ、面白いようにな。それでいて、何の騒ぎにもならねえ。極楽だったぜ」

「お前はいつから受け継いだ？」

「餓鬼の時から親父の使いっ走りをしていたからな。三十年以上はやっていたことになる」

「あの妙な剣は、どこで誰に習った？」

「親父が拾って来た浪人だ。あの剣を教えてくれた後、血を吐いて死んじまった……」

「親父には、人助けをするようなところがあったのか」

「今思えば、どこかでてめえのしていることに後ろめたさを感じていたんだろうな」

「お前は？」

「ありませんね」

「お前のような仕事をしているのは、他にもいるのか」

「さあ、どうでしょう。聞いたことはねえが、質のいい胆が出回っているってことは、いるのかもしれねえな」

「かどわかし屋だが、竈屋を殺したのはお前か。後ろ姿を見た者がいてな。お前の背格好とよく似ているんだ」

「かどわかし屋がしくじったら殺す。俺の仕事のうちだ」

「殺しも受け継いだのか」

「そうなりますかね」脂の浮いた顔を歪めるようにして笑った。

「竈屋と座禅豆売り。他にかどわかし屋は？」

「いねえ。餓鬼をかどわかすなんて仕事を喜んでやる奴なんて、そうはいませんよ」

「本当のことを言え」

「本当のことだ」

「てめえのことは話せるのに、人のことは駄目なのかい」

「お蔭で、今日まで生きて来られたんだからな」

「…………」

染葉が伝次郎に目で合図をし、外に出た。伝次郎が続いた。

「あいつは、これ以上吐かねえな」染葉が言った。

思いは、伝次郎も同じだった。

「何か手があるか。亥吉らと《高麗屋》の繋がりを証すものがないぞ」

「違う手を使うしかねえか」

「あるのか」

「たった今、思い付いた。すべての膿（うみ）を出せるかは分からないが、生き胆取りを生業にしている奴らの根のひとつは、確実に断ち切れるだろう」

「どうするのだ？」

「確か染葉は、損料屋の《四海屋》に顔が利いたな」

「おう、五十年来の付き合いだ」

「腹は？」

「減ってはおらぬ。第一、それどころではあるまいが」

「そうじゃねえ。そこの主の話だ。太いか、細いか、据わっているか、だ」

「太く、据わっている」

「いいぞ。場所は、茅町だったたな」

染葉が、頷いた。

「文句ねえ。一緒に行ってくれ」

「何を頼むのだ」

「そいつは後のお楽しみよ。今言ったら反対するに決まっているからな」

「また妙なことを考えているんだな。で、これから行くのか」

「明日でいい。その前に多助と近と丑松の家にいる三人を集めなければならねえ。嫌だが、泥亀に丑松の家に人を出してもらって来るか」

「では、その間に俺は他の皆を集めておこう。場所は見張り所でいいな」

「いいや。鍋寅の家にしよう。間違っても誰にも聞かれない方がいいし、腹を減らしているのもいるからな」

染葉が亥吉を仮牢に戻している間に、伝次郎は百井に会いに、年番方の詰所に向かった。


六ツ半（午後七時）。

隼と半六が、店仕舞いしていた煮売り屋の戸を叩いて、総菜を求めて来た。飯を炊いていた近が素早く受け取ると、急かすようにしてふたりを座敷へ上げた。《寅屋》の座敷には、既に伝次郎以下九名の顔触れが揃っていた。

伝次郎が隼と半六が座るのを待って、亥吉が言ったことを皆に話して聞かせた。

「後は、《高麗屋》が子供の胆を取れと命じたか、否か、だ。そのために、俺と染葉は、明日仕込みに出掛ける」

鍋寅と房吉、隼と半六、それに正次郎は、卯之助の手下と交替して《高麗屋》

の動きを見張ってくれ。気を付けるのは、主の菊右衛門の出入りだ。尾ける時は間違っても気取られないようにな。人通りが少ない時は尾けなくてもいいぞ。河野と太郎兵衛は呼び出しを掛けるまで休んでくれ。

「多助と近は」と言って、竈の前にいる近を手招きして、済まねえが、とふたり
に言った。「何かあった時は呼ぶので、詰所で茶でも飲んでいてくれ」

「俺は」と太郎兵衛が言った。「帰ってもひとりだから、見張り所に行こう」

「女の姿は困るぞ」

「どうしてだ？」

伝次郎の言葉を遮るように、正次郎の腹の虫が、ぐうと大きく鳴った。

「うるせえから、手短に話すぞ」

三

十二月十三日。

伝次郎と染葉は、茅町にある損料屋《四海屋》の暖簾を潜った。

八丁堀の同心が、しかも懇意にしている染葉忠右衛門が見世先に姿を見せたの

だ。直ぐに主の市左衛門が奥から摺り足で現れた。

「これは、これは染葉様。また、ご活躍で」

「こいつに誘われたのだ。折角隠居を楽しんでいたのにな。二ツ森伝次郎だ」

「お名前はかねがね。で、本日は？」

「折り入って頼みがあるのだ。上がってもよいか」染葉が言った。

「これは失礼をいたしました」

市左衛門が先に立ち、ふたりを奥へと通した。

「要るものを書き出して来た。まだ他にもあるかもしれぬ。相談に乗ってくれぬか」伝次郎が、貸し出しを頼む品物の一覧を差し出した。

「拝見します」手に取った市左衛門の顔色が変わった。「これは……」

「済まぬ」と染葉が畳に手を突いた。「俺たちも命を賭ける。其の方も命を賭けてくれぬか」

「訳を、お話しくださいますか」市左衛門が伝次郎と染葉を見詰めた。

「聞いてくれ」伝次郎は握った拳に力を込めた。

算盤屋二階の見張り所に上がると、鍋寅らが顔を揃えていた。どうやら、主の菊右衛門も番頭の嘉兵衛も外出(そとで)をしてはいないらしい。

「首尾はいかがでやした？」鍋寅が訊いた。

「上々の吉だ」

「そいつは、ようございやした」鍋寅の言葉に、隼らが頷いた。

「すべて揃うのに、二日は掛かるそうだ」

「早いもんでございますね」

「餅は餅屋、すげえもんだな」

「上手くいってくれねえと。旦那、頼みやすぜ」

「心配いらねえですよ」隼が笑顔で言った。「亥吉らが捕らえられたと知られなければ、こっちのものですよ」

「そんな気がしてきたぜ」伝次郎が言った。

「お前らが羨ましいよ」染葉が首を竦めながら言った。

十二月十五日になった。

《四海屋》を訪れた伝次郎と染葉に、市左衛門が胸を張った。

「すべて整いました」

これで、決行の日取りが決まった。明日である。

「皆を集めておいてくれ」

「どこか行くのか」

「新治郎のところだ」

再出仕とはいえ、ご定法の番人である八丁堀の同心が、ご定法を破るのである。しかも、たとえ、《高麗屋》の悪事の証を摑み、お縄に掛けたとしても、伝次郎らに引き立てていく暇はない。後事は新治郎らに任せ、人目に付かぬように速やかに立ち去らねばならない。

「何という無茶を……」

新治郎には絶句されたが、何とか承諾させることが出来た。伝次郎は、考え込んでいる新治郎に、済まねえが、と言った。

「もうひとつ頼みがある……」

十二月十六日。

茅町の隣の福井町(ふくいちょう)に、《四海屋》の蔵と屋敷があった。損料を取って貸し出す品物を蓄えておくための蔵であり、屋敷である。

五ツ半（午前九時）。その家の納屋の大戸が開き、姫駕籠が現れた。前後には、継裃を着用した添番と警護の伊賀者が、それぞれ二名ずつ配されている。添番には伝次郎と染葉が扮し、紋付の黒羽織を纏った伊賀者には河野と正次郎が扮した。笠を被った真夏は、黒の無紋の羽織を着、俗に黒っ羽織と言われる御小人になり、最後尾に付いている。そして腰元の姿をした隼と近が駕籠の両脇に寄り添った。

「では」《四海屋》主の市左衛門が伝次郎らに言い、「頼んだよ」と、駕籠を担いでいる小者に命じた。小者は《四海屋》の息の掛かった男衆である。

駕籠は、左衛門河岸に出ると、神田川沿いに西へと進んだ。新シ橋、和泉橋を南に見、三町半（約三百八十メートル）も行くと筋違御門に出る。その筋違御門を見渡す向かいが神田花房町であり、薬店と呼ばれる通りに薬種問屋《高麗屋》はあった。

伝次郎が仕組んだのは、大奥御年寄の秋野が、御台所の代参で寺社に詣でた途次、そっと抜け出し《高麗屋》に立ち寄った、という筋書きである。

算盤屋の二階から顔を半分覗かせた鍋寅が、染葉に頷いて見せた。《高麗屋》の主・菊右衛門はお店にいる、という合図だった。

染葉が、ひとり列を離れ、急ぎ足になり、《高麗屋》の暖簾を潜った。そこまで見届けたところで、鍋寅と半六は階下に下りた。

《高麗屋》の中では染葉が主・菊右衛門に、大奥御年寄がお忍びでお店に寄られる、と告げていた。

主を先頭に、番頭の嘉兵衛に手代らがお店の前に飛び出し、駕籠を見て、深く頭を垂れていた。

駕籠が着いた。

「ようこそお出でくださいました。実に……」

「人目がある。中へ」継裃姿の伝次郎が菊右衛門に言った。

「これは不調法を」ささっと身を引き、手代らに入り口に掛かっている長暖簾を外すように言った。

駕籠が再び地を離れ、《高麗屋》の敷居を越えた。小者が履き物を揃えて置き、次いで駕籠の庇を上げ、引き戸を静かに開けた。

駕籠にゆったりと着座していた秋野が裾を摘むと、履き物に足指を滑り込ませ、駕籠を出た。店を見回す。

「ここであるか」太郎兵衛の作り声が、重々しく響いた。行き倒れの時とは大違いで、身に着けているものは、この上もなく豪華な刺繍が施された絹の打掛けである。張り切るまいことか。

「左様にございます」伝次郎が答えた。

番頭手代が平伏低頭している前に回り込むようにして、菊右衛門が口を開いた。

「本日は……」

伝次郎が手で制した。

「忍びゆえ、刻限に余裕がない。奥へ頼む」

「承知いたしました」

菊右衛門が店の者らを下げ、通り道を開けている間に、

「ここで待て」と伝次郎が、染葉と正次郎に言った。

菊右衛門に導かれ、太郎兵衛と伝次郎が奥へ渡った。後から、番頭らが続いている。

奥の座敷に通されると、目の前に五つ、頭が並んだ。主と四人の番頭である。

「人払いを」伝次郎が菊右衛門に言った。

「左様でございますか。嘉兵衛は残り、皆は下がりなさい」番頭らは低頭してか

ら、座敷を後にして行った。

「その者は？」

「すべて心得ている者にございます」

「相分かった」伝次郎は、膝に置いた手に力を込め、身体をやや前に倒して言った。「今般其の方を訪ねたのは、よんどころない仕儀ゆえである。恥を晒すゆえ、構えて他言せぬようにな」

「はは」菊右衛門と嘉兵衛の顔が、強張った。

「子細を話す。芝居見物の折、間違いをしでかした者があり、何と、あろうことか、病をもろうてしもうた。そのことが、もし露見いたさば、当の者は勿論親兄弟、また供の者にも厳しい御沙汰が下される上に、恐らく大奥は総入れ替えとなるであろう」

菊右衛門と嘉兵衛が顔を見合わせた。

「困り果てている時に、《高麗屋》、ここによい薬があると、あるお方から聞いたのじゃ」太郎兵衛が目許に指先を当てた。「助けると思うて、よく効くという薬をたもれ」

「そのような大事をお打ち明けくださいまして、《高麗屋》、身の震える思いでございます。何なりとお申し付けくださいませ。必ずや、お心に適う薬をお作り申し上げます」

「何と頼もしい……」太郎兵衛が伝次郎に頷いて見せた。

「念のためにお伺いいたしますが、薬というのは、瘡毒の……」

「大きな声で申すな」伝次郎が、押し止めた。「他にあろうはずがなかろう」

「はは」菊右衛門は畏まりながら、目だけを上げて、もうひとつお伺いいたします、と言った。「あるお方がどなた様であるか、お教えいただく訳には参りませんでしょうか」

太郎兵衛が伝次郎を見た。

「旗本の関谷様だ。御継嗣様がひどく重いそうな」伝次郎が言った。

「はい。これは関谷様にも申し上げたことがございますが、病もあそこまでひどくなりますと、病が進まぬように抑えることしか出来ませんが、早めに薬石を投じますれば、治りまする」

「上総守の求めたものを飲めば、早いうちならば治るのじゃな」太郎兵衛が言った。

「左様にございます。お薬をお求めのお方は、今どのようなご様子で？」

「ぐりぐりが出来たとか聞いておるが」

「それならば、治ると存じます」

「今、求めて帰ることが出来ようか」

菊右衛門が、大きく身体ごと頷いた。

「はい。極上のものがございますので、少しお待ちいただければ、直ちに調合いたします」

「極上なのか、関谷様が求めたものは」

「飛び切りでございます」

「どのようなものなのだ？」

「胆が効く、とお聞き及びになったことは？」

「ある、が」

「胆にも良し悪しがございます。市中に出回っている人胆を使った品は、死罪になった者から取ったものでございます」

「そうなのか」太郎兵衛が伝次郎に訊いた。

「咎人のは効かぬのか」

「胆は、その者の暮らしを映すものでございまして、荒れた暮らしをしていると胆も荒れますでございます」

「飛び切りの、というのは、違うのか」

「……これは秘中の秘でございますが」

「他言はせぬ」

「では申し上げますが、つい先ほどまで生きていた子供の胆を抜き、およそ一月掛けて屋内で干して上製いたします」

「あれま、そのようなもの、如何様にして手に入れることが出来ようか」太郎兵衛が訊いた。

「それは、いろいろございまして」

「いろいろ、とは」

「申し訳ございませんが、ここでお話しいたす訳には」

「奥まではご定法は届かぬ。案ずることはない」

「ではございますが……」

「その飛び切りという品、今見ることは出来ようか」

「はい」菊右衛門が嘉兵衛を見た。嘉兵衛が奥から桐(きり)の小箱を携(たずさ)えて来た。

箱の中には、油紙に包まれた胆が入っていた。青みがかったうす黄色いものだった。丑松の家で見たものと、大きさも色具合も似ていた。

「これが人の？」

「はい。裕福に育った子供のもので、酒毒などに侵されていない、極上の逸品でございます。これに、薬草などを加えて練り固め、薬を調合させていただくのでございます」

「上総の他にも、求めた家中はあるのか」

「お家の名を申し上げる訳には参りませんが、納めさせていただいております」

「上総だが、これが子供の生き肝であることは知っているのか」

「ご用人様に申し上げましたので、ご存じかと」

「いかにして手に入れたかは、どうなのだ？」

「…………」

「相分かった。済まぬが、供の者を呼んでくれるか」伝次郎が嘉兵衛に言った。

嘉兵衛は身軽に立ち上がると、表の方へ足を急がせた。

「先々のことだが、何日までにこれだけ、と頼めば、叶えてくれようか。値は言うままでよい」伝次郎が、菊右衛門に訊いた。

「勿論でございます」

「首を賭けるか」

　えっ。一瞬驚いて見せたが、にっこり笑って菊右衛門が答えた。

「賭けます、でございます」

「そうか」伝次郎も、にっこりと笑って、言った。「その首、もらった」

「お戯れを」菊右衛門の目から、笑みが消えた。

　廊下に足音が立ち、染葉と正次郎が、その後ろから鍋寅と隼と半六が来た。

「戯れてるのは、てめえの方だ。何が薬だ。子供を殺して作る薬なんぞ、あってたまるか。縄を打て」

　鍋寅が素早く菊右衛門を縛り上げた。腰を抜かしている嘉兵衛の腕を、隼と半六が取った。激しく身悶えして縄を逃れようとする。

「おとなしくしねえか」太郎兵衛の一喝に、嘉兵衛の動きが止まった。

　隼が縛り終えるのを待っていたかのように、表が騒がしくなった。店土間に控えていた真夏の合図を受け、新治郎が捕方を引き連れて来たのだった。

　新治郎が奥の座敷に現れ、捕方に菊右衛門と嘉兵衛を連れて行くよう命じると、卯之助に帳簿を根こそぎ押さえるよう言っている。人の出入りが途絶えたところで、どうだ、と伝次郎が新治郎に訊いた。

「屋敷におります」

「ありがてえ」

「どうしても、行かれるのですか」

「行く」

「承知いたしました。屋敷の外におります」

「止めないでもよいのか」

「止めてもらいたいのですか」

「馬鹿言え」

「私が止めたところで、やめる父上でないことは、先刻承知しておりますので」

「あの正次郎の父親とは思えねえ、出来のよさだな」

はい？　正次郎が頓狂（とんきょう）な声を上げた。

伝次郎らは、捕物騒ぎで人が集まって来る前に、と急いで《高麗屋》から抜け出した。それぞれの顔がひどく張り詰めている。これから向かう先を思えば、無理もなかった。

目当ては、小姓組番頭旗本・関谷上総守の屋敷である。

町方の手の及ぶところではない。昨夜の集まりでも、反対する声が上がった。

――《高麗屋》がなくなろうと、品を求める奴がいれば、必ず次の《高麗屋》が出てくる。品を求める奴を根絶やしにしねえといけない。吉三なら、そう言うぜ。

伝次郎の言葉に、皆が折れた。

しかし、伝次郎と真夏は、関谷家の者らに顔を覚えられているのではないか、という危惧が浮上した。

――拙い（まずい）な。顔を顰め（しかめ）た染葉の心を翻（ひるがえ）らせたのは、河野の一言だった。

――多分、大丈夫だと思います。大奥御年寄の供なんてのは、供としか見ていないものですから、意外と顔がどうとか、思わないものですよ。暫くしたら、あっ、と気付く者が出るかもしれませんが、それまでに中奥に入り込んでしまえばよいのです。《高麗屋》が捕まったと知られてからでは、警戒が厳しくなりますから、要は速やかに動く、に尽きるでしょう。それよりも、関谷様の御屋敷に行き着くまでが心配です。誰に会わないとも限りませんからね。

安心しろ、と伝次郎が締め括った。昌平橋を渡って南に六町半（約七百九メートル）、もし俺たちのしていることが正しいのなら、無事関谷家に着けるはずだ。

# 四

　昌平橋を渡り、南に向かった。駕籠を見て、青山下野守(あおやましもつけのかみ)の屋敷の門番が頭を下げた。阿部伊予守(あべいよのかみ)の屋敷の前を通り、土井能登守(どいのとのかみ)と松平左衛門尉(まつだいらさえもんのじょう)の屋敷を左右に見ながら行く。道が尽きたところで西に向きを変えた。ゆるやかに、弧を描くように道が延びている。稲葉長門守(いなばながとのかみ)の屋敷沿いにある辻番所に出た。そこを背にして、通りを南に折れた。正面は神田橋御門である。

　一町（約百九メートル）程進むと、関谷家の表門前に着いた。

　駕籠を止めた。表門は閉まっている。

　伝次郎は物見窓の下に行き、門番に案内を乞(こ)うた。

「大奥御年寄・秋野様である。上総守殿にお目に掛かりたい。お取り次ぎをお頼みいたす」

「暫時、お待ちを」

　表門が開き、玄関前に通された。待った。用人が押っ取り刀で現れ、式台に手を突いた。

「お待たせをいたしました。ささっ。どうぞお上がりくださいますよう」

「うむ」

御年寄の秋野と添番のふたり、すなわち太郎兵衛と伝次郎と染葉の三人が、応接の間に通された。

伊賀者の河野と正次郎は、玄関脇の詰所で、御小人の真夏は駕籠とともに玄関先に控えることになった。真夏は耳を研ぎ澄まし、何か不穏な動きがある時はいつでも駆け込むことができるように用意をしていた。

関谷家の屋敷の外には、新治郎が控え、叫べば声が届くところに、房吉が捕方二十名とともにいた。

太郎兵衛と伝次郎と染葉が、応接の間に着座していると、関谷上総守と用人がゆったりとした動きで座敷に入って来た。上総守は丁重に頭を垂れると、

「秋野様におかれましては、わざわざのお運び、関谷上総守、恐悦至極にございます」よく通る声で言った。

「久しいのう、上総守殿」

「はは」上総守が面を上げて秋野を見た。覚えがないのか、眉がもうひとつ晴れないでいる。

「いかがなされた？　まさか、見覚えがないとでも……」太郎兵衛が言った。

「いえその、実に申し訳なきことながら、年のせいか、物忘れがひどくなりまして」

「それでは、隠居を考えねばなりませんね」

「……本日はまた、何か某に、御用の向きでもございましたのでしょうか」

「なければ来ぬ」太郎兵衛は言い放つと、染葉に頷いて見せた。

「当家御用達の薬種問屋《高麗屋》のことで参った」染葉が言った。

「《高麗屋》が何か」

「よくご存じのようだが」

「はい」

「では、御継嗣殿のために薬を頼んだことも知っていますね」太郎兵衛が言った。

「それが何か？」上総守は、不愉快げに眉を顰めた。

「その薬がどのようにして作られたものか、お聞き及びでございましょうか」

　上総守が物問いたげに用人を見た。用人が、膝を進めた。

「恐れながら、仰せになられている意味が、分かりかねます。一体何の薬のことでございましょうか」

「瘡毒だよ。《高麗屋》から買っているだろう。高い薬をよ。それがどうやって作られたか知っているのか、と訊いているんだよ」顔を伏せ気味にしていた伝次郎が、いきなり吠えた。

「無礼な。その物言いは、何事だ？」上総守が負けじと大声を発した。

「どっちが無礼だ。てめえの倅がどんな遊びをして病をもらってきたか知らねえが、いたいけな子供をかどわかし、生き胆を抜いて作った薬だってことを承知しているんだろうな」

「そうなのか？」上総守が慌てて用人に訊いた。用人は下を向き、黙っている。

「人胆を使った薬を作り続けるために、どれだけの子供が幼くして殺されたと思う。てめえも親なら、子を亡くした親の気持ちくらい分かるだろう。それも、ただ死んだんじゃねえ。殺されて、胆を抜かれ、後は捨てられたんだぞ。塵芥のようにな」

「知らなかった……」上総守の顔が蒼白になった。

「よしんば本当に知らなかったとしてもだ、それで許されると思うなよ。知らねえのも罪だ。そのこと、よっく肝に銘じておけ」

上総守は俯いたままだ。代わって用人が進み出た。

「其の方どもの言い分、聞いた。が、そもそも其の方どもは何者なのだ。秋野様の御名を騙ったか」

「こうでもしねえと、小姓組番頭様にはお目通りが叶わないのでね」

「身分を騙るとはいい度胸だ。名を申せ」

「南町奉行所同心・二ツ森伝次郎」

「同じく染葉忠右衛門」

「同じく花島太郎兵衛」

「太郎……」上総守と用人が、太郎兵衛を食い入るように見詰めた。

「そうだ、男だ。文句があるか?」

「……奉行所の同心風情が、このような狼藉に及び、ただで済むと思っておるのか」用人が叫んだ。

「思わねえ。が、非はてめえらの方にあるんだ。用は済んだ。帰るが、文句があるなら評定所にでも何でも、好きなところに駆け込め」伝次郎が、席を蹴るようにして立ち上がった。

その姿を見て用人が、あっ、と呟いた。あの時の……。すかさず上総守に耳打ちする。

「成程。どこかで見た覚えがあると思うたわ」

「出合え、出合え」用人が廊下に飛び出し、叫んだ。

襖が音高く開き、廊下を走る足音が重なった。足音は、応接の間を取り囲んで、止んだ。

「小姓組番頭ともあろうお方がこのざまかい。てめえの過ちくらい、素直に認められねえとは、恐れ入ったぜ」

「構わぬ。斬れ」上総守が命じた。

「いいのかい。俺たちが出て来なければ、屋敷の外で俺たちの帰りを待っている者どもが鉦（かね）と太鼓を叩いて大騒ぎすることになっているんだぜ。周りは御大名家の上屋敷だ。恐れながら、と俺がここで話したことを外の奴らが触れ回るかもしれねえぜ」

上総守は握り締めた拳を震わせている。

「俺たちは町方だ。おめえさんを縛ることは出来ねえ。おめえさんが高い金積んで買った薬がどんなものだったのか、それを言いたかっただけだ。二度と親を泣かすような真似をして作った薬なんぞに手を出さねえでくれ。分かったら、帰らせてもらうぜ」

「そうはいかぬ」家士を掻き分けるようにして、声の主が進み出た。久住流の菰田承九郎だった。「我が殿を、おめえさん呼ばわりとは不届き千万。お主を生かして帰したとあっては、家臣として世間に顔向け出来ぬ。勝負しろ」

「断る。俺は剣は駄目なんだ」

「お主ではない。あの時の一ノ瀬殿も来ているのであろう」菰田が、座敷の中を見、廊下を見た。いない。「どこだ？」

「来てはおらぬ」染葉が答えた。

「嘘を吐け」

表に走ろうとした菰田が、足を止めた。目の前に真夏がいた。

「ご無事ですか」真夏が伝次郎らに訊いた。

「ああ、無事だ」

「ことを収めるには、我らふたりが立ち合うしかない」菰田が真夏に言った。

「やるこたねえ」伝次郎が言った。

「やりましょう」真夏が言った。

「真剣で願いたい」

「承知。但し」と真夏が言った。「どちらが勝とうと、皆を無事にお帰しくださると約定なさるのならば、尋常に立ち合いましょう」

「よかろう」上総守が言った。

「庭に来られい」菰田が先に立った。

「済まねえな」伝次郎が真夏に言った。

「このままでは関谷家も収まらぬでしょうし、いつかは立ち合うのです。早いか、遅いかだけです。ご案じなされますな」

「勝ってくれよ。さもないと親父殿に顔向け出来ねえからな」

「あの父が怒ると、先達、斬られますよ」

「脅かしっこなしだぜ」

真夏が白い歯を見せた。正次郎を見た。顔が強張っている。この差し迫った時に、笑える強さが真夏にはあった。八十郎が羨ましくなった。

　庭に下りた。

伝次郎が刀を鞘ごと抜き、下緒を抜き取ろうとするのを、真夏が止めた。

「持っております」

懐から革の紐を取り出し、襷に掛けた。

庭を見下ろす座敷に、上総守が着いた。

遅れて、脇の小部屋の障子窓が細く開いた。顔に包帯を巻いた者が見ている。

後継ぎであるらしい。

真夏と菰田が、一足一刀の間合で向かい合い、切っ先を交えた。

じりじりと足指をにじりながら、菰田が八相の構えに、真夏が脇構えになった。

直ぐに両者の意図が分かった。この前の立ち合いの続きから始めようとしているのだ。

菰田の口が尖った。《野分》だ。伝次郎が身を乗り出した。八相の構えから太刀が振り下ろされた。

真夏の剣が光の筋となって、斜め下から斬り上げられた。刃が嚙み合い、双方の剣が動きを止めた。菰田が押した。じりと押した。真夏が押されている。菰田の腕の筋が盛り上がった。更に菰田が押した。勢いに乗って、菰田の剣が真夏を突き飛ばした。その瞬間、真夏の身体が素早い動きで右に回った。菰田が追うように右に回った。くるりくるり、と立ち位置が変わった。ふいに真夏の足が止まった。孤田の足が、遅れて止まった。その時には、孤田は間合をなくしていた。慌てて飛び退こうとした孤田の右手首を、真夏の剣が叩いた。孤田の手から刀が落ちた。

いつ刀を返したのか、峰打ちだった。孤田は、呆然と立ち尽くしていた。見えなかった。

「帰るぞ」伝次郎が言った。

「おう」と太郎兵衛が答えた。

表に出たところで、染葉がひどく疲れた顔を歪ませながら言った。

「この次は、別の手を考えてくれ。寿命が縮まる」

「私も、そのように思います」

新治郎が、伝次郎に言った。

十二月十七日。

この日伝次郎らは、五ツ半（午前八時）に《寅屋》に集まり、吉三の墓前へと報告に出向いた。

吉三の墓は、加賀国前田家（かがのくにまえだけ）上屋敷に程近い本郷（ほんごう）の昌泉寺（しょうせんじ）にあった。隼と並んで墓に掌を合わせている鍋寅の背がやけに小さく見え、伝次郎は思わず目頭に手を当てた。

四ツ半（午前十一時）。

詰所にいた伝次郎らに、年番方与力の百井から呼び出しが掛かった。

染葉と河野と真夏とともに年番方の詰所に出向くと、百井と内与力の小牧壮一郎がいた。

「昨日、関谷様の御屋敷に押し掛けたと聞いたのだが、まさか、実の話ではあるまいな」百井が言った。

「子供の生き胆と知って薬を求めたかに見受けられ、その段許し難く、灸を据えに参りましたが、それが何か」

「許し難く、だと。其の方、何様になったつもりだ。目付のつもりか」百井が畳を叩いた。

「人の道に外れた者を諌めるのに、身分は関わりないかと存じますが」

「その身分を偽って訪れたのは、誰だ」

「嘘も方便、と申します」

「其の方、ご定法をないがしろにする気か」

「そのようなことは言うておりません。間違えている子供を親が諭す。それと同じでございます」

「大奥御年寄の御名を騙ったこと、許し難い。評定所に訴えると仰せられていたぞ」

「怒って見せるしかないでしょう。道を間違えている者が、あんた間違えているよ、と名指しされたんですからね」

「とにかく、だ。永尋掛りは御奉行のお考えから生まれた掛りだ。御奉行が御老中方にお話しくださるということだ。が、首は洗っておくようにな。沙汰あるまでは、詰所で控えておれ」

百井が、染葉の名を呼んだ。

「其の方が付いていながら、どうしたことだ？　このところ、伝次郎の悪いところがうつり始めたのではないか」

百井の小言は延々と続いた。小牧は何も言わない。百井に、言いたいだけ言わせる腹なのかもしれない。そうであれば――。

どうやら、助かりそうだな、と伝次郎は思った。ならば、丁度いい。北町に行って、すべての経緯（いきさつ）を話してきてもらおうか。

伝次郎は生真面目な顔を作って言った。

「百井様……」

四日後の二十一日。

再び、伝次郎ら四名の永尋掛りが、年番方の詰所に呼ばれた。

「付いて参れ」

百井が先に立ち、奉行所の奥へと進んだ。

用部屋横の廊下を渡ると、そこは町奉行の役屋敷であった。奉行職にある間は、ここで寝起きし、ここから登城するのである。

奥の座敷に通された。

伝次郎らが四人並んで座った先に百井と小牧がおり、その向こうに坂部肥後守がいた。

「其の方らに申すことがある」と坂部が言った。「関谷家の御継嗣が腹を召された。また上総守殿は、小姓組番頭の任を解かれ、隠居されることと相成った。家督は、養子を迎え、継がせるそうだ……」

伝次郎は目を閉じた。関谷家の庭に面した障子窓が眼の底に甦った。

「《高麗屋》の調べから、薬を求めた大名、旗本家が二十三家あることが判明した。その家中には、今後薬をよく調べた上で求めるよう、大目付と目付からの通達が届くはずだ。手緩(てぬる)いと思うだろうが、子供の胆とは知らなかったと言われれば、それ以上は口出し出来ぬでな。この辺りで堪(こら)えてくれ。まだまだ調べは続くゆえ、何が出て来るか分からぬが、とにかく永尋掛りはよくやった」

「《高麗屋》は、何年前から子供の生き胆を取り扱うようになったのでございましょうか」染葉が訊いた。

「ことの発端は、大名家より求めがあったがゆえらしい。何年生(なにどし)まれの子供の胆を手に入れてくれ、とな。だが、余りに手に入れ辛(づら)いことなどから、いつの頃からか、子供の胆でありさえすればよし、とするようになったらしい。子供の胆を扱っていたのは、どうやら《高麗屋》だけでなく、その他のお店でも扱っていたし、今も扱っているらしい。調べ、根こそぎ捕らえるよう、南北両奉行所に評定所からお達しがあった。いずれ詳細が明らかになるであろう」

「何か、ご処分は？」百井が訊いた。

「この者らにか」

百井が頷いた。

「別にない」

「しかし、それでは……」

「まあ、よいであろう。御老中方が、そう決められたのだ」

「左様でございますか」

「花島の姿が見えぬが」

「何かお咎めがあるといけないので、まだ永尋掛りには加えておりません」

「考えたな」坂部は、茶を一口飲むと、時に、と言った。「伝次郎、其の方、此度の一件のみならず無茶が多いと聞くが」

百井が、横を向いた。

「頭の上がらぬ者はおらぬのか」

「何を仰せになられます。染葉忠右衛門には諭されるばかりで口では敵いませぬし、河野には頭で、真夏には腕でとても敵いません」

「その割には、皆に言うことを聞かせておるではないか」百井が憎々しげに言った。

「そこで考えたのだ。永尋掛りに一ノ瀬を呼び寄せたらどうだ？」

「一ノ瀬とは、あの八十郎のことで」百井が訊いた。

「父でございますか」真夏が目を大きく見開いた。

「そうだ。伝次郎が唯一頭が上がらぬと聞くぞ。少しは重石になるであろう。これで六人揃うたことになるが、どうだ？」

「よいお考えかと」小牧が言った。

苦手がまた増えるのか。百井がうんざりした顔を伝次郎に向けた。

あいつと毎日顔を合わすのか。冗談じゃねえぞ。伝次郎は、自らを慰めるために、己より嫌がっている男を見た。百井と伝次郎の目が絡んだ。


十二月二十三日。

伝次郎ら永尋掛りは、打ち揃って神田明神界隈の見回りに繰り出した。

前日から年の市が始まっており、注連飾り売りで賑わっているのだ。

女装した太郎兵衛と近が先頭を歩いている。

先の方で、荒れた声がした。遊冶郎がお店者に絡んでいた。

「何してんだい、やめな。縁起物を買いに来て、無粋な真似されると気分がよくないよ」近が威勢よくまくし立てた。

「婆は、引っ込んでろ」

「何を言いやがる。お前はてめえのおっかさんにも婆って言うのかい」近が食ってかかった。

「それ以上つべこべ抜かすと、痛い目に遭うぞ」

「よく言った。痛い目かい。笑わせてくれるじゃないか。おい、若いの。あたしゃ、《布目屋》お近だよ」

「何だ、そりゃあ?」

「知らなきゃ教えてやろうじゃないか。今を去る十八年前、盗賊鬼火の十左一味に家の者を皆殺しにされ……」近が左腕を袂に入れ、やにわに襟元から抜き出した。左の片肌が脱げ、刀傷が見えた。「てめえも血達磨(ちだるま)になりながら、三途(さんず)の川から戻って来た、斬られのお近だ。さあ、痛い目ってのに遭わせてもらおうか」

男は、ことの成り行きにひるんだが、「うるせえ」と近を突き飛ばそうとした。その手を取り、太郎兵衛が鮮やかな身のこなしで男を投げ飛ばした。

騒ぎの成り行きを見守っていた町屋の者たちが、ふたりにやんやの喝采を浴びせている。

「おいおい」と伝次郎が染葉に言った。「お近の奴、太郎兵衛に似て来たんじゃねえか」

「そうかもしれんが、妙な取り合わせだな」染葉が笑った。

「江戸なんてのは、魑魅魍魎（ちみもうりょう）の住処だからな。あれでいいのかもしれんぞ」

「太郎兵衛様は、組屋敷に戻られたそうですね」真夏が言った。

「今度の一件のお蔭だな。御奉行から名指しで礼を言われちゃ、ひとり暮らしをさせておく訳にはいかねえやな」

「よかったのでしょうか」

「嫌なら、また出りゃいい。それだけの話だ」

「父は、江戸に出て来ますでしょうか」

「忘れようとしているんだ。その話はしないでくれ。頭が痛くなる」

「そんな時は、お登紀さんのところで飲むに限りやす、帰りに、どうです？」

どこで聞いていたのか、鍋寅が擦り寄って来た。

注・本作品は、平成二十二年一月、学研パブリッシング（現・学研プラス）より刊行された、『戻り舟同心　逢魔刻』を著者が大幅に加筆・修正したものです。

一〇〇字書評

戻り舟同心　逢魔刻

切り取り線

| 購買動機（新聞、雑誌名を記入するか、あるいは○をつけてください） | |
|---|---|
| □（　　　　　　　　　　）の広告を見て | |
| □（　　　　　　　　　　）の書評を見て | |
| □ 知人のすすめで | □ タイトルに惹かれて |
| □ カバーが良かったから | □ 内容が面白そうだから |
| □ 好きな作家だから | □ 好きな分野の本だから |

・最近、最も感銘を受けた作品名をお書き下さい

・あなたのお好きな作家名をお書き下さい

・その他、ご要望がありましたらお書き下さい

| 住所 | 〒 | | | | |
|---|---|---|---|---|---|
| 氏名 | | 職業 | | 年齢 | |
| Eメール | ※携帯には配信できません | | 新刊情報等のメール配信を 希望する・しない | | |

この本の感想を、編集部までお寄せいただけたらありがたく存じます。今後の企画の参考にさせていただきます。Eメールでも結構です。

いただいた「一〇〇字書評」は、新聞・雑誌等に紹介させていただくことがあります。その場合はお礼として特製図書カードを差し上げます。

前ページの原稿用紙に書評をお書きの上、切り取り、左記までお送り下さい。宛先の住所は不要です。

なお、ご記入いただいたお名前、ご住所等は、書評紹介の事前了解、謝礼のお届けのためだけに利用し、そのほかの目的のために利用することはありません。

〒一〇一－八七〇一
祥伝社文庫編集長　坂口芳和
電話　〇三（三二六五）二〇八〇

祥伝社ホームページの「ブックレビュー」からも、書き込めます。

http://www.shodensha.co.jp/bookreview/

祥伝社文庫

戻(もど)り舟同心(ぶねどうしん)　逢魔刻(おうまがとき)

平成28年10月20日　初版第1刷発行

著　者　長谷川(はせがわ)　卓(たく)
発行者　辻　浩明
発行所　祥伝社(しょうでんしゃ)
東京都千代田区神田神保町3-3
〒101-8701
電話　03（3265）2081（販売部）
電話　03（3265）2080（編集部）
電話　03（3265）3622（業務部）
http://www.shodensha.co.jp/
印刷所　堀内印刷
製本所　ナショナル製本
カバーフォーマットデザイン　中原達治

 ISBN978-4-396-34256-2 C0193